Copyright © desta edição 2010: Desiderata

PRODUÇÃO EDITORIAL
Danielle Freddo

REVISÃO
Argemiro Figueiredo
Rebeca Bolite

CAPA E PROJETO GRÁFICO
Marcelo Martinez | Laboratório Secreto

Texto estabelecido segundo o Acordo Ortográfico da Língua Portuguesa de 1990, em vigor no Brasil desde 2009.

CIP-BRASIL. CATALOGAÇÃO NA FONTE.
SINDICATO NACIONAL DOS EDITORES DE LIVROS, RJ.

F896h   Franco, Nara
        Homem é tudo palhaço! / Nara Franco, Roberta Carvalho e Ana Paula Mattos; ilustrações Mauro Souza. – Rio de Janeiro: Desiderata, 2010.
           il.

        ISBN 978-85-99070-77-2

        1. Relações homem-mulher – Humor, sátira, etc. 2. Homens – Atitude – Humor, sátira, etc. 3. Blogs. I. Carvalho, Roberta. II. Mattos, Ana Paula. III. Título.
                                        CDD: 869.97
09-3154                                 CDU: 821.134.3(81)-7

Todos os direitos reservados à
AGIR EDITORA LTDA. | Uma empresa Ediouro Publicações S.A.
Rua Nova Jerusalém, 345 | Bonsucesso – Rio de Janeiro (RJ) | CEP: 21042-235
Tel: (21) 3882-8200 | Fax: (21) 3882-8212/8313

ANA PAULA MATTOS, NARA FRANCO & ROBERTA CARVALHO

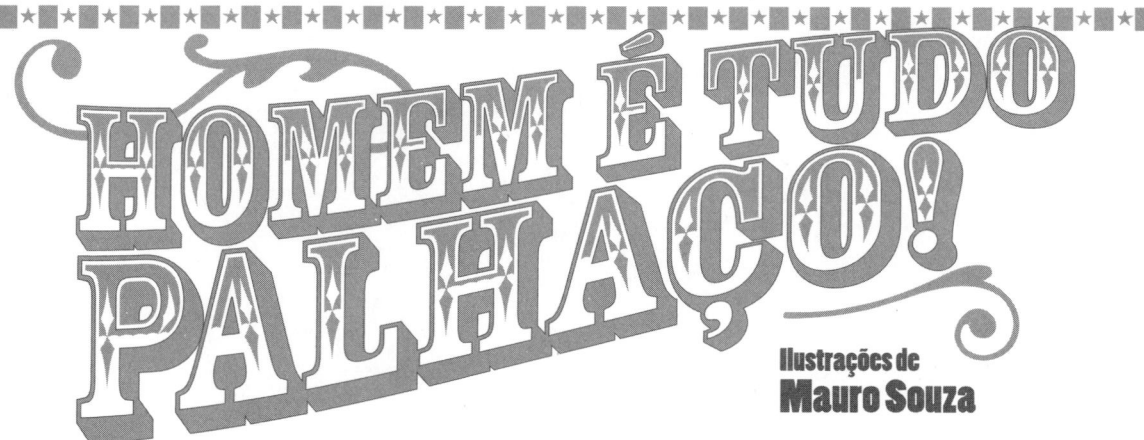

# HOMEM É TUDO PALHAÇO!

Ilustrações de **Mauro Souza**

DESIDERATA

## SUMÁRIO

Respeitável público (6)

Minhas sinceras cambalhotas (10)

Palhaços na pista (15)

Cantadas inconvenientes (39)

Ex, mas sempre palhaço (57)

Brutos, bizarros e sem-loção (69)

O famoso número do desaparecimento (111)

Todo dia é dia de circo (123)

Também tem picadeiro no trabalho (131)

Palhaçadas on-line (141)

Comprometidos de armário (151)

# RESPEITÁVEL PÚBLICO!

Apresentar o livro de *Homem É Tudo Palhaço*, vulgo *HTP*, não é das tarefas mais fáceis. Por exemplo: se um produtor de cinema me pedisse para resumir o *blog* de forma rápida, diria sem pestanejar (e querendo impressionar) que o *HTP* é a síntese do medo masculino da mulher moderna. Mas como essa seriedade não combina com a gente, eu repensaria e consertaria rapidinho dizendo que o *HTP* foi a melhor maneira que três jornalistas e uma relações-públicas, um pouco ranzinzas e bem irônicas, encontraram de rir de si mesmas. Menos filosófico, porém mais verdadeiro. No fundo, somos protagonistas das nossas próprias piadas. Perdemos os palhaços, mas nunca as histórias.

A verdade verdadeira, leitoras e leitores, é meio sem glamour, confesso. *Homem É Tudo Palhaço*, o *blog*, nasceu assim meio sem propósito. Não existiu aquele dia fatídico quando nos sentamos à mesa de um bar e decidimos criar um espaço para falar do estranho comportamento masculino ao se deparar com situações que exigem um mínimo de educação, comprometimento e sutileza. Simplesmente não existiu porque o *blog* simplesmente nasceu. Um belo dia estava lá, fruto do fim de um casamento que aproximou amigas, que gerou uma intensa atividade social, que gerou situações ora hilárias, ora bizarras, descritas e compartilhadas ali originalmente a oito mãos.

E oito parece ser o número cabalístico do *blog*, que em 2010 ganha as páginas do mundo real. Insisto no número porque há oito anos, quando a internet vivia seu momento mais intenso no Brasil, a novidade "*blog*" veio dar na praia. Rolou um bochicho: tem um tal de *blog*, um espaço só seu na web, que você mesmo cria e é uma espécie de diário. É livro? Não! Mas e quem vai ler? Ninguém sabe. E o que se escreve? Sei lá! Faz e vê no que dá.

A gente fez e deu no que deu. Após inúmeras e fracassadas tentativas de entender as palhaçadas masculinas, Robertinha decidiu criar o *Homem É Tudo Palhaço*, o *blog*, o mito, a lenda. Inspirada pelas sucessivas palhaçadas de seu muso palhaço, Robertinha passou a postar freneticamente as situações vividas por ela em busca de alguma luz divina que respondesse a intermitente questão: "Mas por quê?" E num gesto de generosidade, Robertinha convidou as amigas mais próximas para participar. Do sexteto original, ficaram quatro. A ideia era bem básica. Nada de manifesto feminista ou de teorias, explicações matemáticas e estatísticas, testes comportamentais e dicas. Para isso, há revistas ditas femininas nas bancas com diversas receitas para incrementar a vida sexual, familiar, profissional e todas as vidas que uma mulher tem de viver hoje em dia.

O negócio era o seguinte, *rapá*: fez palhaçada vai pro *blog*. Com identidade preservada, mas vai para o *blog*. Pode ser amigo, mas vai pro *blog*. Pode ser o namorado, mas vai pro *blog*. Primeiro a gente conta, depois a gente ri e se pergunta mil vezes (de novo!): "Mas por quê?"

"Por quê", costumo dizer, é expressão que não existe. Simplesmente porque acontece. Ou como costuma dizer uma amiga querida do *blog*: "Porque são idiotas." Nada muito profundo, tudo muito real. E o sucesso pode ser explicado por isso. Esta é a vida como ela é. Sem retoques, sem truques. Hoje, com mais idade e até isenção, penso que esse humilde *blog* é um tratado àqueles que decidirem (no futuro) analisar o comportamento masculino no fim da década de 1990 e início dos anos 2000. Parece que deu um defeito coletivo na espécie macho-alfa. É um tal de marcar e não aparecer, de prometer e não cumprir, de dar pânico quando a situação exige apenas um "bom dia, quer um café?"

Os anos passaram, a gente mudou e, quando o picadeiro ficou vazio, fomos buscar nas nossas memórias palhaçadas retrô. Passamos a receber histórias aos borbotões de leitoras de todo o Brasil. Amigas mandavam as façanhas de seus palhacinhos por e-mail, ligavam de madrugada para contar. Como nas reuniões de grupos de autoajuda, percebemos que não tínhamos uma antena cósmica que atraísse todo e qualquer tipo de bizarrice humana. Palhaços estão por todos os lados e em todos os cantos.

Sobrevivemos a críticas e ofensas. Mal-amadas e rancorosas. Não comem ninguém e ficam falando mal de homem. São lésbicas e têm casos umas com as outras. São gordas, barangas, têm bunda caída. Passamos incólumes. Ganhamos prêmios, fomos citadas em matérias de jornais, revistas, programas de TV e colunas. Temos fãs e leitores cativos. Temos o que todo artista quer ter: somos famosas, mas não conhecidas. Andamos desconhecidas por boates, bares e restaurantes. E em todos esses lugares coletamos as mais diversas histórias. Somos antropoblógicas (criei agora!) e qualquer lugar pode ser um picadeiro em potencial.

Nosso maior mérito é ter bom humor suficiente para admitir que em algumas situações fomos humilhadas, que nos deixamos humilhar, que acreditamos mesmo sabendo que não podíamos acreditar, que gostamos, que até amamos esses salafrários. E, pasmem, muitas vezes casamos com eles!

Porque, afinal, picadeiro bom é picadeiro cheio. Só tem histórias para contar quem as viveu. E, assim como Chacrinha, não viemos aqui para explicar, mas sim para confundir.

Respeitável público, com vocês, *Homem É Tudo Palhaço*, o livro. Tudo o que você leitora acompanhou no *blog* agora ganha vida neste livro. E muito mais. É com muito orgulho que adentra este circo a obra literária que traz a um público muito maior que um dia pensamos alcançar as aventuras e desventuras de balzacas cariocas, pessoas da mais alta normalidade, de bunda caída, de vida estressada, salário apertado, que bebem cerveja, que amam, riem e choram como todo mundo. Tem dias que a gente reclama mais, tem dias que a gente quer mesmo que todo mundo se exploda, mas no fundo somos bem legais.

Este livro faz a compilação das melhores histórias do *HTP* de 2002 a 2010, com direito a material inédito (sinalizado com 😊 ao lado do título). Para os fãs do Dicionário Palhaço, ele ganha aqui versão mais completa e atualizada. A cada capítulo, uma temática baseada no comportamento palhaço, em que reuniremos situações similares, mantendo a linha do *blog*. Algumas postagens receberam nova roupagem e outras virão em seu texto original. Mas todas as histórias vão manter a essência do que sempre foi – e será – o *HTP*.

Por fim, confesso uma mentira. Esse *blog*, sim, nasceu com uma finalidade. Nosso sonho sempre foi alcançar a fama e passar uma temporada na Ilha de Caras. Pronto. Falei.

*Nara Franco*

# MINHAS SINCERAS CAMBALHOTAS

Somos, homens e mulheres, todos, um grande bando de palhaços dando cambalhotas na cama, rodando a baiana na vara de família e gritando no meio da noite, no ouvido do respeitável público, a quem não vamos trair nunca mais e com quem agora a relação vai ser para valer. Vamos ter dois filhos, vamos fazer sexo quatro vezes por semana e, da mesma maneira que pedíamos a bênção aos pais quando crianças, vamos dizer eu te amo, *mon amour*, meu bem, *ma femme*.

Eu fui criado ouvindo Dalva de Oliveira e ela me dizia todo dia que "o amor é o ridículo da vida". Depois, adulto, fiz uma biografia da Leila Diniz e ela me contou através dos que viveram com ela que cafuné ela queria até de macaco. Fracassados, carentes, insaciáveis. Eu não me iludo.

Homens são palhaços da pior espécie, muquiranas cheios de pelos nas orelhas e levantando pesos para se exibir no meio do picadeiro. Eles aprendem com o Carequinha, o verdadeiro Sartre da espécie, que palhaço é o que é ladrão de mulher. E saem em campo para pôr em prática a lição. Acham que quanto mais mulheres roubarem, mais Carequinhas, seu grande ídolo, serão. Palhaços, sim, mas o que estou tentando dizer aqui: quem não é?

As mulheres, graças a Deus, têm seus números imbatíveis na mesma arte circense de se passar pela Juliana Paes durante parte do dia e depois revelar a Vovó Mafalda que carregam dentro de si. Eu não me queixo. Acho que a primeira metade do dia compensa todo o resto, embora suspeite que isso seja frase de um grande palhaço e corro o risco de me entregar.

Somos todos iguais nesta noite, nesta manhã e nesta interminável matinê em que precisamos nos conhecer melhor. Você está no *Facebook*? Você quer conhecer minha coleção de selos?

Ela quer dormir de conchinha, ele fica sufocado.

Ela quer muito beijo na boca, ele quer partir pra dentro.

Leila Diniz, se me permitem a palhaçada de aproveitar este livro para vender o meu, percebeu, na célebre entrevista ao *Pasquim* em 1969, que não era uma luta de boxe entre rivais. Se naquela época a mulher não podia dar, o homem era obrigado a comer. Todos vítimas de algum estigma. Leila percebeu que não deviam lutar contra, mas se associar para combater os palhaços da ocasião: os militares, as famílias e os professores.

Os palhaços nos anos 1960 eram os outros, e homens e mulheres sofriam com as repressões dos donos do circo. Acho que evoluímos. A melhor prova disso é este livro, onde as mulheres riem com carinho dos seus companheiros de palhaçadas. Tá certo ou não tá, garotada?

Era o que eu tinha a dizer, respeitáveis meninas, e agora me despeço orgulhoso, forçando a rima com um beijo gostoso, um olhar gasoso, para que vocês não se esqueçam deste tipo de palhaço presunçoso, este eterno, e a seus pés sempre jogado, Bozo.

*Joaquim Ferreira dos Santos*

# PALHAÇOS NA PISTA

## PALHAÇO MÃE VALÉRIA DE OXÓSSI

Farei um relato rápido. Esse é um dos palhaços mais assíduos. E não adianta ficar aqui me repetindo, tentando explicar e/ou entender a imaginação masculina.

1. Empresária circence conhece um palhaço incrível — leia-se: gostoso toda vida — na pista.
2. É aquele palhaço que diz coisas incríveis, que é *up-to-date*, *super in*, *cool* e outras gírias em inglês.
3. Hora de sair da pista e ele dispara: "Vem comigo pra casa do meu amigo, onde estou hospedado."
4. Huuummm... Empresária circence, 30 ou mais, solteira, livre, leve, solta, gata, bem-sucedida, pede passagem e diz (bravamente, diga-se de passagem, já que o palhaço era um pitéu de mamãe): "Não posso. Me falta idade pra encarar república de meninos."
5. Como toda mulher modernérrima que faz jus aos muitos sutiãs queimados em praça pública, manda na lata: "Por que *você* não vem comigo lá pra casa?"
6. Ele — oh! — diz que não e faz muxoxo (Aaaah... os sinais!). Ele explica: "Viajo amanhã e tenho medo de perder o voo. Já tô no esquema pra acordar lá na casa dos caras..." e tira o som e deixa a imagem porque daí em diante é só blá-blá-blá...
7. Mas mulher quando quer dar é terrível (e parece que os homens não sabem mais o que é isso). A empresária circence INSISTIU: "Tenho despertador também e a verdade é que a gente nem precisa dormir..."
8. Diante desse direto de direita no queixo, você, leitor deste livro, você, macho-alfa, o que faria?

A) Agarraria a empresária circence ali mesmo e ali mesmo faria sexo com volúpia ímpar;
B) Pararia esse blá-blá-blá com um beijo *caliente* e ali mesmo faria um sexo selvagem;
C) *Cut the bullshit and let's go have sex*;
D) Daria uma resposta patética que seria como uma avalanche em Bariloche sobre a libido da empresária circence?

Vejamos... Huuuummm... Como o livro se chama *Homem É Tudo Palhaço*, quem apostou na opção D não ganhou nada, mas acertou.

Sintam o drama:

— Isso não vai dar certo. De manhã vou estar te comendo há mais de seis horas sem parar... Vou acabar dormindo e perdendo o avião.

Começa pelo uso do gerundismo: porra, "vou estar te comendo"??? Segundo, o que é isso de seis horas sem parar? É maratona de filme pornô? Ele realmente acha que as palavras valem mais que as ações. Ô, cacete... Não quando se trata de sexo, né, palhaço? Não adianta prometer seis horas e não comer nem seis minutos!!! E esse medinho de perder o avião? O aeroporto vai sair do lugar? Nunca mais vai ter voo pro bruto??

Humpf! Francamente!

# PALHAÇOS NA PISTA

Sábado fomos dançar em certo famoso cafofo sórdido do bairro de Botafogo. As empresárias circenses estavam em busca de novos talentos. Pista cheia, mais de mil palhaços no salão, muitos jovens artistas circenses formosos e ansiosos por uma oportunidade pra mostrar suas habilidades. A noite parecia promissora.

Estamos lá, lindas, loiras e japonesas, animadas e sorridentes na pista 1, quando um palhaço alto e bem-fornido começa a fazer a corte para a minha amiga. A moça, de receptiva, de repente fecha a cara e nos avisa: "Vou ao banheiro." Curiosa, fui junto.

— Porra, o cara chegou pra mim e disse: "Você é uma boneca." Porra, boneca? Era melhor ter ficado calado!

— Ele até que era bonito, era melhor ele ter rido pra você, se você risse de volta, era só chegar chegando...

— Claro, se chegasse chegando na pressão seria melhor, eu aqui doida pra dar um beijo na boca e esse idiota me chama de boneca?

Como disse outra Dona do Circo ao ouvir o relato, ele veio direto da década de 1950 pra pista, né?

Como eu sempre digo, conversar no meio da pista também não dá, afinal, você não ouve nada mesmo. O negócio é tentar contato visual: rolou olho no olho e receptividade? Parte para um sorriso, se a moça sorrir de volta, é só chegar junto. Palhacinhos, chamar de "boneca" nem pensar...

Mas a noite estava só começando. Resolvemos subir pra ver se nossa sorte melhorava. Um anão de gel no cabelo e camisa de gola "V" nos seguiu. Aliás, nos perseguiu. Vamos respeitar a perseverança do anão. Aonde íamos estava ele lançando olhares lânguidos e tentando nos encoxar. Filme de terror.

Um outro moço, muito bem-apessoado, apesar de meio esquisitão — de jaqueta naquele calor —, ficou ciscando ao nosso redor. Sorri convidativa e fui dançar mais perto. Talvez biruta, talvez autista, quem sabe meramente bizarrinho, o rapaz continuou sorrindo, mas não fez contato. De repente, fez que ia dizer alguma coisa, mas meneou a cabeça e saiu. Como sempre digo, o mundo é estranho. Resolvemos descer de novo.

*Pit stop* no bar. Minha amiga, na luta por uma lata de cerveja, observou que um rapaz pediu uma piña colada e o outro, um jegue louco, seja lá o que for isso.

— Puta que pariu, por isso que a gente não pega ninguém. Que lugar é esse onde os homens bebem drinques com nomes como piña colada ou jegue louco?

— Pois é, no meu tempo, supostos heterossexuais bebiam cerveja ou uísque...

Voltamos pra pista. Dançamos um pouco, rimos, brincamos, biscateamos, mas nada de conseguir um prestador de serviços disponível e eficiente. Eis que, quando já quase não havia mais esperança, um brutinho alto, magro, rosto anguloso e sorriso de derreter qualquer empresária circense vem semissorrindo decidido em minha direção. Pensei: "Opa, será que minha sorte vai virar?" Humpf.

# Dicionário Ilustrado de Palhaços

**PALHAÇO BAILARINO**
*Não se deixem enganar pelo nome. Ele não é pé de valsa. Sua especialidade é fazer palhaçadas enquanto baila nas pistas. É aquele tipo que dança rebolando quando a música é tecno, vem te cantar enquanto você dança possuída com suas amigas ou pega na sua bunda quando um sambinha inocente toca nas carrapetas. Os bailarinos sem ritmo devem ser evitados, pois causam constrangimento.*

— Fala pra sua amiga que ela é a mulher mais bonita da parada — e, dizendo isso, saiu correndo da pista.
A mulher mais bonita da parada? Que parada? A de 7 de Setembro? Ah, a desta noite? Por que então ele não disse: "Sua amiga é a mulher mais bonita da noite"? Ou "daqui"? Pois é... Mas... Peraí! Pra que me dizer isso? Por que não disse para a própria? E... sair correndo depois?
Rindo, chamei ela.
— O bonitinho pediu pra lhe dizer que você é a mulher mais bonita da parada.
— Idiota, e por que não disse pra mim?
— Porque homem é tudo palhaço!

## PALHACINHOS QUE SÓ ANDAM EM BANDO

Madrugada dessas, pista dessas, fiquei com um brutinho até bonitinho. Um pouquinho mais alto que eu, branquinho, carinha de menino, todo bem acabadinho, coisa fofa. Mas como nada na vida é perfeito, o rapaz não tinha pegada. Nada horrível, mas também não dava "motivo", sabe? Mas enfim, não se pode ganhar sempre e fui beijando.
Nem meia hora e o amiguinho dele cutuca o palhacinho.
— Cara, já vou pagar, me dá tua cartela.
Ele me olha com expressão de pesar.
— Os caras já vão, vou ter que ir.
— Você dorme cedo, hein? Não são nem três horas!
— É, mas eles querem ir embora...
— Vai, meu bem, vai, não deixa seus amiguinhos esperando por você, não.

Coisa que sempre me irritou, e reclamação recorrente entre a mulherada, é essa coisa de os homens andarem em bandos indissolúveis. Nunca entendi isso. Se saio com minhas amigas e alguma delas pega alguém, as outras não ficam incomodando. Não faz diferença se tínhamos combinado dividir o táxi, se estava de carona, se uma ia dormir na casa da outra. Ou cada uma segue seu destino ou as outras esperam a que pegou alguém pra ir embora. Mas com os homens é um clássico: você pega um gatinho e logo os amiguinhos que não ficaram com ninguém vêm chamar pra ir embora. Além de ciumentos e invejosos, não sabem se divertir se não dão beijo na boca. Tudo palhaço!

## E segue o espetáculo...

Com a mesma carinha de "puxa vida, queria tanto ficar com você, mas, se eu não for embora com meus amiguinhos, o bicho-papão vai me pegar", ele pediu meu telefone. Dei o número do celular.
— Mas quando eu ligar você vai atender?
— Não sou palhaça, se eu não tivesse intenção de atender, não dava meu número. Diria "precisa não, a gente se vê por aí".
Ele deu um sorriso amarelo, não acreditando que eu diria aquilo, tadinho.
— Mas você vai atender, né?
— *Babe*, tenta a sorte, ok? Tenta a sorte!
Fala sério, se acha que não vou atender, pra que pede o telefone?
Para azar dele, no dia seguinte acordei de bode e só liguei o celular às seis da tarde. Havia duas ligações de um número que não conhecia. Pode ser que tenha sido ele, mas também pode ter sido engano. Se tivesse atendido, e ele não falasse muita merda, talvez tivesse marcado de tomar um chope. Mas, pensando bem, pro meu gosto, seis horas ainda é cedo pra combinar algo para a noite. Vai ver que os amiguinhos não gostam que ele saia de casa tarde, o bicho-papão pode pegar.

Narinha caiu na gargalhada quando eu contei. Disse que "tenta a sorte" foi muito cafajeste. Ok, talvez tenha sido, mas ele mereceu, pra ficar mais esperto. Digamos que foi um "corretivo". É a vida.

## PALHAÇO BABÃO

Certa pista dessas, a Dona do Circo ficou com um palhacinho simpático com quem havia trocado olhares. Todo bonitinho, todo tchutchuquinho, só que beijava babado. Ela disfarçou e deu um perdido no rapaz. Voltou pro círculo de amigas e continuou dançando. Mais tarde, volta o palhacinho.
— Oi, quero te beijar de novo.
— Não, você beija babado.
— Juro que não babo de novo.
Como ela é brasileira e não desiste nunca, já eram três horas da manhã e não estava fazendo nada mesmo, beijou.

— Ué, não é que você não babou?
— Não disse?
— Como você aprendeu a beijar sem babar tão rápido?
— Isso você nunca vai saber...
Se sabia beijar sem babar, pra que babou da primeira vez? Palhaço!

## PALHAÇADA DAS BOAS!

Quarta-feira na pista. Depois do show estamos dançando e um carinha lindo de morrer (com certeza o mais bonito do recinto) ri para mim e vem dançar na minha frente.
Eu e Narinha já tínhamos manjado o bruto desde que ele chegou. Um pitéu daqueles não passa despercebido.
Trocamos sorrisos, dissemos nossos nomes e ficamos dançando juntos. Depois de um tempinho ele me abraçou e dançamos juntinhos mais algumas músicas. Aí ele começa a dar pinta de palhaço.
— Vamos embora daqui.
— Como assim?
— Vamos embora, ficar juntos.
— Não vou sair daqui com alguém que nem conheço e que nunca beijei na boca.
Ele riu e me beijou. Ok.
Ficamos dançando e trocando beijos por mais um tempinho. De repente o malandro inadvertidamente come meu brinco esquerdo e fala algo no meu ouvido. Não consegui entender e perguntei o que ele tinha dito.
— Vou comer seu cu devagar.
— O quê??
— Vou comer seu cu devagar.
— Ah, não vai não!
Larguei o bruto, dei dois passos pro lado e fui dançar com um amigo e com a Narinha.
Vem cá, ele realmente achou que eu ia gostar de ouvir isso??
Isso não é coisa que se anuncie assim, depois de três ou quatro beijos na boca. O malandro era tão lindo e beijava tão gostoso que tinha condição de comer até meu buraco do nariz, mas com essa foi pra casa tocar punheta!
É palhaço ou não é?

MINUTOS DE SABEDORIA
*"Haja lona para tanto artista."*

## PALHAÇO – LITERALMENTE! – CAGÃO

Numa noite, uma amiga minha conheceu um cara que parecia ótimo: bonito de rosto e de corpo, vestido honestamente, inteligente e divertido. Dançaram, conversaram, beijaram na boca... Tudo quase ótimo. Lá pelas quatro da manhã o garotão chamou a moça para irem a um motelzinho. Ela não costumava ter contatos íntimos com desconhecidos, mas ele parecia tão legal...

A princípio, tudo ok. Mas como estava com sono e meio bêbada minha amiga cochilou depois da primeira. Acordou com o malandro voltando do banheiro todo animadinho para dar outra.

"Pô, beleza!", pensou a incauta. Tadinha.

Quando acabaram, minha amiga foi ao banheiro fazer xixi. Reparou que estava a maior bagunça. Os frasquinhos de xampu espalhados pelo chão. Pegou os xampuzinhos e botou em cima da bancada. Sentou pra fazer xixi e reparou que as toalhas estavam amontoadas entre o vaso sanitário e o bidê.

"Porra, por que esse garoto fez essa bagunça?"

Pegou o monte de toalhas brancas e... Tinha um bolo de merda embaixo! Sim, isso mesmo. O malandro tinha cagado no chão!!!

Horror, pavor, medo. "Puta que pariu! O que eu faço agora?"

A pobre saiu do banheiro e disse que queria ir embora. Ele ainda tentou agarrá-la de novo:

—Ah! Vem cá, me dá mais um beijo.

E ela já olhando por qual porta ia sair correndo. Como viu que a moça queria mesmo ir embora, ele levantou e pediu a conta.

Palhaço!!!

Deve ter sido uma situação horrível, mas eu não consegui não rir quando ela me contou essa parte. Os olhos dela começaram a arder terrivelmente pelo rímel, delineador ou vontade de chorar. Não teve jeito. Enquanto ele preenchia o cheque, ela entrou no banheiro para lavar os olhos. O cheiro de merda saiu do banheiro e empesteou o ambiente inteiro.

O cagão na maior cara de pau virou para ela e disse:

—Tá um cheiro ruim aqui, né?

Ela disse que teve muuuita vontade de falar "Claro, né, Pedro Bó, tu cagou no chão!", mas, pelo sim pelo não, se limitou a olhar nos olhos dele e dizer:

—Vamos embora.

\* \* \*

Passado um tempo, palhaço reincidente que é, não contente em ter cagado no chão, ele reapareceu!

Um dia, estávamos numa boate e ela me disse:

—Aquele ali que cagou no chão.

Olhei bem pra nunca cair na asneira de beijar o bruto, que realmente era bonitinho.

— Finge que não viu ou não lembra e pronto.

Ele ficou atrás da gente a noite toda, aonde íamos, ele ia também e ficava sempre no campo de visão dela.

Quando saímos do banheiro, ele estava na porta. Segurou o braço da moça.

— Por que você não quer falar comigo?

— Porque não temos nada a ver. Me esquece.

É claro que a empresária circense queria mesmo era ter dito: "Porque você caga no chão!"

## PALHAÇO CARLINHOS DE JESUS

Cenário: sexta-feira em certa boate de Botafogo. Cinco e meia da manhã.

Meus amigos disseram que iam embora porque precisavam abater a larica. Como estava rolando o especial Ben Jor, decidi ficar mais um pouco sambando sozinha. Estou eu lá, de olho fechado, ouvindo a música e dançando felizinha no meu canto, e alguém me cutuca.

Abro os olhos e tem um malandro da minha altura, topetinho ridículo, camisa justinha preta e calça de náilon (ou tactel, sei lá) vermelha, cheia de zíperes, bolsos e cadarços.

— Você está totalmente fora do ritmo!

Olhei pra cara dele, não disse nada, fechei os olhos de novo e continuei dançando. O bruto me cutucou de novo.

— Você não sabe sambar!

Encarei o bruto, mas não falei nada. Pensei em muitas pérolas como "Vai encher teu cu de rola, ô Carlinhos de Jesus", "Vai chupar um cocô e não me enche", "Vai tomar no olho do seu cu enquanto eu sambo fora do ritmo", "Vai dar meia hora hora de bunda, porque dez minutos pra você não bastam", mas preferi não dizer nada. Saí pra ver se ainda alcançava os meninos no bar.

Não contente, enquanto eu pagava minha conta com meu amigo ao lado, o malandro do topetinho voltou.

— Poxa, você é mal-educada. Virou as costas pra mim na pista.

Virei as costas de novo. Olhei pro meu amigo e caímos na gargalhada.

Vamos analisar a situação: não é proibido sambar fora do ritmo. Ele não me conhece, não ia pagar minha conta, portanto não tem o direito de se ofender com minha desenvoltura na pista.

Eu estava sozinha, de olhos fechados, num canto meio escuro da pista, meio bêbada e meio chapada a fim de ouvir a música e dançar da maneira que eu quisesse. Não queria papo, não queria conhecer ninguém, não queria nada. Já tinha tudo que queria no mundo naquele momento, mas o malandro se achou no direito de vir me pentelhar com aquela conversa.

Nenhum homem supostamente heterossexual sai por aí de calça vermelha impunemente. Com um topetinho daqueles então, nem pensar. Será que ele está precisando de grana e queria me oferecer aulas de samba ou era uma tática muito inteligente, que ele levou horas planejando, pra "chegar" em mim?
Em qualquer hipótese, ele era um tremendo de um palhaço.

## MAS LOGO NA BLUSINHA VERMELHA!

Sábado em certa famosa casa noturna carioca. Nas carrapetas, Tim Maia. Eu no modelito saia bege, blusinha decotada vermelha, com uma estrela prateada bordada no meio e tenisinho vermelho. Um luxo. O bruto se aproxima.
— Posso vomitar nessa sua blusinha vermelha?
— Não.
— Tô com uma vontade enorme de vomitar na sua blusa...
— Nem pensa... Logo nessa? Gosto tanto dela...
— E se eu vomitar, o que acontece?
— Te cubro de porrada...
— Aí eu vou gamar...
— Aí o problema é seu.
Não, minhas amigas, isso não é um filme de Fellini... Não, eu não estava de porre... Isso aconteceu. Tenho testemunhas.
O tempo passa, o tempo voa...
— Deixa eu vomitar na blusinha...
— Claro que não...
Parem o mundo que eu quero descer.
E olha que essa não é a primeira vez! Ele parece ser uma fonte inesgotável de palhaçadas. O insólito pedido de vomitar na blusinha foi considerado por mim uma brincadeira, palhaçada branda que mereceu registro. No entanto, pasmem, fiquei sabendo que, no fim de semana anterior ao do pedido, o bruto cismou que eu tinha roçado meus peitos nele. O que me parece incrível porque: 1) não me recordo de ter chegado tão perto dele pra fazer tal ato, 2) se eu tivesse que roçar meus peitos em alguém, com certeza não seria nele, 3) se ele é praticamente do meu tamanho (tenho 1,60 m) onde diabos eu teria roçado meus peitos nele?

# Dicionário Ilustrado de Palhaços

**PALHAÇO CACHORRO**
*Ele não é canalha. Nem se gaba de ser incrível na cama. É um sujeito normal, que trabalha na repartição e joga bola com os amigos do serviço. É casado, tem filhos, plano de saúde, vai ao Maracanã. Tinha tudo para ser normal, mas é palhaço, né? E um dia sente aquela comichão, aquela vontadinha de sair para dar umas voltinhas. Voltinhas que nesse caso são: ter um affair com a secretária ou trocar beijos apaixonados com a colega de repartição ou pegar a gatinha no happy hour.*

Segundo relatos do bruto: rocei no braço. O que me fez pensar o seguinte: o que diabos é roçar os peitos em alguém numa boate? A não ser que você esteja atracada com esse alguém, como você vai roçar os peitos na pessoa de modo tão explícito sem que a cena não entre na categoria "ridículo"?

Não satisfeito com essa palhaçada, o bruto denominou isso uma "mania" minha.

Mania?!?!

Por acaso sou algum tipo de dançarina de mambo que fica se esfregando no primeiro que aparece?

É ou não é uma palhaçada?

## PALHAÇO SOVINA

Essa história me foi relatada outro dia por uma colega do jornal. Fiquei chocada. Bem, vou tentar reescrevê-la em primeira pessoa, tipo "Eu Vivi o Problema":

Fui numa boate de mauricinhos na Barra da Tijuca. Um garotão com marra de playboy se aproximou de mim. Não estava a fim de ficar com ele. Mas o bruto não se mancava. Ficou tirando a maior onda, disse que tinha um carro e uma moto. Perguntou onde eu morava.

— Na Tijuca — respondi.

— Eu moro na Barra, saca. Meu pai mora em Ipanema.

Como se fosse a quinta maravilha do mundo. Enfim, não fiquei com o rapaz, mas antes de ir embora dei meu telefone de tanto que a figura insistiu. Pois bem, ele me ligou chamando pra sair. Eu fui, mas avisei que não ficaria com ele. Por sorte, fui de carro para o trabalho, pensando que, se ele me perturbasse muito, eu podia vazar. Aí, o garotão me aparece a pé:

— Pô, gata, minha moto tá com o meu irmão, e o carro ficou na casa do meu pai.

— Aham.

Ok, fomos a uma pizzaria na Tijuca. Ainda bem, de novo, que só pedi um guaraná. O carinha tomou um chope. Na hora de pagar a conta, ele começa a apalpar os bolsos. Tira um saquinho de moedas todo sujo. Joga aquele dinheiro trocadinho em cima da mesa e fica contando as moedas. Parecia dinheiro de mendigo. Aí, vira pra mim:

— Pô, gata, esqueci minha carteira!

Paguei a conta de R$ 2 que faltavam. E ainda dei carona pro palhaço, que, surpreendentemente, morava na Tijuca!

## PALHAÇO BAILARINO

Tal e qual o ratinho Cérebro e seu comparsa Pinky, o que nos separa do domínio total e completo do mundo é a nossa modéstia. Enquanto a fama e o sucesso não batem à nossa porta, nós continuamos humildes, acessíveis aos palhacinhos e, depois, caçoando e zoando da cara deles sempre com bom humor e simpatia. Afinal, nossos palhacinhos são a nossa ponte rumo aos prazeres do Castelo de Caras. Eles merecem de nós sempre o melhor.

Em homenagem ao nosso sucesso lembrei uma bizarra história que aconteceu com esta que vos escreve. Certa feita, durante festa realizada na minha casa, um dos convidados me chamou para dançar. Amigo de um amigo, ele se mostrou simpático desde o início, apesar de alugar insistentemente uma amiga minha. Confiram a abordagem do bruto:

— Você está acompanhada?

— Não.

— Que bom. Tô com uma vontade de lhe dar um beijo...

— Acho que não vai rolar.

Só nessa ele ganhou o narizinho vermelho. Tem mais...

Bailávamos à moda antiga um sambinha bacana. Minha mão no ombro dele, a mão dele na minha cintura. Estava me sentindo na Estudantina, verdadeira craque da gafieira, quando subitamente a mão do bruto escorrega pelas minhas costas. Achei que como todo bom palhaço que se preze ele ia passar a mão na minha bunda. Tolinha.

O bruto foi além e colocou a mão dentro da minha calça. Tentando transpor de uma vez só barreiras intransponíveis como calça e calcinha. Dei um pulo e afastei o bruto. Ele ainda me puxou pra continuarmos, mas deixa estar jacaré... Tal e qual o leão da montanha mandei um "saída pela direita".

Vê se pode um troço desses?!?!

## PALHAÇO PATOLADOR

A empresária circense estava dando pinta em certo cafofo sórdido e fumacento da noite carioca pra comemorar o aniversário de uma grande amiga. O local sempre rende espetáculos memoráveis. Um dos convivas era um careca estiloso, de cabeça raspada. Lá pelo meio da noite, os convivas tomando drinques no bar da boate, a moça lá batendo papo com amigos e recém-amigos, papo vai, papo vem, o careca riu para a moça e ela riu de volta. Ele se chegou, olhou firmemente pra ela e disparou:

— Sei que vai dar merda, mas eu tenho que apertar esse peitão gostoso — e nisso já foi patolando.

Sim, dileta audiência, assim, sem mais aquela, o careca safado meteu a mão no seio esquerdo da empresária circense, no meio do bar. Meio sem ação, meio chocada, sua única reação foi dizer "não" e sair. Foi pra pista conversar com outras amigas.

Está lá, dançando, quando sente uma cutucada no ombro. Era o careca pedindo desculpas. Ela respondeu que ele estava desculpado e virou de novo para as amigas. O sem-loção ficou bravo.

# Dicionário Ilustrado de Palhaços

**PALHAÇO CAGÃO**
*Ele tem medo da mãe, da namorada, da irmã, da mulher. Prefere fazer uma nova palhaçada a tentar consertar uma. Sempre acha que vai ganhar uma bronca. Depois de uma boa palhaçada sempre se esconde. Ver também:* Palhaço Pique-esconde.

— Ei, como assim? Você não vai me desculpar?
— Já disse que tá desculpado.
— Você virou a cara...
— Tá desculpado, mas não quero mais conversar com você.
— Quantos homens você conhece que pediriam desculpas?
— Não sei, nunca apertaram meu peito no meio do bar...

O Palhaço Careca ficou puto e passou o resto da noite resmungando com os amigos. Quando ele foi embora, o pessoal inquiriu a empresária patolada. Todos riram e explicaram que o rapaz tinha antecedentes. Em outra festa apertou a bunda da anfitriã. Dessa vez tinham instruído "não aperta a bunda de ninguém". Só que parece que ele tem que ser bem instruído, tinham que explicar "não aperta bunda, nem peito, nem xoxota de ninguém sem autorização da própria ou no meio da festa, espere estarem sozinhos ou em lugar discreto".

Como disse a aniversariante ao saber da história:
— Porra, só um? O direito ficou com ciúme.

Realmente, bom-senso é luxo pra poucos.

## NOSTALGIA PALHAÇA

Esta é uma palhaçada digna de "Vale a Pena Ver de Novo". Estávamos em uma finada boate, uma das melhores que o Rio de Janeiro já teve, noite alta, todo mundo enlouquecido na pista, rock'n'roll comendo dentro. Lili, loira tipo alemã, 1,80 m, trajava um pretinho básico, um arraso!

Evoluções na pista, puro luxo e riqueza, eis que um bruto se aproxima e começa a conversar com ela. Os dois saem e vão ao banheiro. Para quem não lembra ou não conheceu, o banheiro dessa boate era como uma terceira pista, com DJ, bar e tudo. Rolou aquela conversinha básica, os dois ficaram e, alguns beijos depois, voltaram à pista.

Tudo corria bem até o bruto ver a tatuagem que ela tem no pé. Na verdade, no tornozelo. Subitamente, pegando todos nós de surpresa, o malandro se ajoelhou, tirou o sapato dela, e começou a beijar a tatuagem, confessando ser apaixonado por pés.

Constrangimento total. Lili, numa perna só, tentava empurrar o bruto. Flávia, sagaz, catou o sapato dela na escuridão. O namorado de uma outra amiga nossa tirou o bruto do pé de Lili, que rapidamente calçou o sapato e perguntou se o malandro era doido ou coisa parecida. Ele, ainda extasiado pela tatuagem no pé, queria mais!

Morremos de rir lembrando essa história. Como eles tinham trocado telefones antes do acesso "beija-pé", o bruto se tornou depois um Palhaço Glenn Close de primeira categoria. Cada palhacinho estranho que aparece... Sei não.

## SUPERPALHAÇO

Sábado foi dia de festa em um antigo cinema no centro da cidade. Três andares de música brasileira. Saí de casa com um único pensamento: me acabar de dançar.

Festa rolando, um cara se aproxima de mim e tenta me puxar pela mão para um canto da pista.

— Não, eu quero dançar — respondi até sorrindo (juro!).
— Ahhh... Vem cá.
— Não, hoje eu quero dançar muito.
— São três e quinze. Você não acha que já dançou muito, não? Vai dançar até que horas?

Meu Deus! Será que ele pensa que com este *approach* vai conseguir convencer alguma mulher a ficar com ele? Os puristas dirão que não chega a ser uma grande palhaçada, mas demonstra uma total falta de tato e habilidade para a conquista, o que já é um passo pro picadeiro.

## PALHAÇO ASTRÓLOGO

Uma amiga, que estava saindo de um período de reclusão pós-término de namoro e consequente carência, resolveu cair na pista. Tomou umas cervejotas a mais e começou a dançar com um palhacinho já velho conhecido das donas do circo por outros espetáculos.

Ele estava todo persuasivo. Manjei logo que ia rolar beijo na boca. Ok, quero mais que minhas amigas sejam felizes. De repente, a moça vaza. Mais tarde ouço o relato.

— Pô! Minha ficha só caiu quando ele me perguntou o meu signo.
— Como assim?
— É, ele perguntou e quando falei que era de Leão, ele respondeu: "Logo vi, não é fácil dançar com você. Mulheres desse signo não se deixam conduzir."

Ela acordou de ressaca moral, mas lembrei a ela que algumas de nós já beijamos seres piores. E pelo menos ficou só no beijo.

## REFLEXÕES
### PENSAMENTO DO DIA

"A mulher mais feliz do mundo é a namorada do Saci,
pois ela sabe que se levar um pé na bunda, quem se fode é ele..."

## O ESPETÁCULO DO FIM DE SEMANA

Sexta-feira passada fui dançar em uma famosa boate do underground carioca. Lá sempre foi um picadeiro fértil, mas estava acompanhada e achei que não ia render nenhum espetáculo. Humpf!

Foi só meu palhacinho privativo ir ao banheiro por alguns minutos para um rapaz de indubitável talento circense e considerável teor alcoólico se aproximar.

— Oi, posso lhe fazer uma pergunta? Você é menina, não é? Diz pra mim que é?

Eu já ia perguntar se parecia um menino, mas ele nem deixou, já foi atropelando...

— É que eu já cheguei em várias garotas aqui e todas elas me dizem a mesma coisa, que só beijam mulher! Que nojo! Nem precisa me beijar, não tô te cantando, só me diz que você não é sapatão!

Quase disse "meu filho, pra te espantar, eu diria até que transava com cadáver", mas não estava a fim de arrumar polêmica.

— Olha, eu beijo homem, sim, mas não vou te beijar porque estou acompanhada. E agora que já disse o que você queria, preferia que você fosse embora porque meu namorado foi ao banheiro e já deve estar voltando.

Ele se animou e começou a tagarelar, tentar dançar comigo e se aproximar.

— Ufa! Que bom ouvir isso. Ah, deixa eu dançar aqui. Blá-blá-blá...

Como o palhaço começou a querer falar no meu ouvido, delicadamente o empurrei e disse que não ia rolar, que não ia dançar com ele, que não queria conversar, muito menos beijá-lo.

— Ah, então é assim na lata? Puuuxa...

— É na lata, sim. Circula por aí e tenta com outra.

O bruto ainda fez uns muxoxos, mas rapidamente se virou para uma menina de vestido branco sambando do meu lado e investiu na pobre, não sei se com a mesma cantada homofóbica. Ficou dançando como um pombo na frente da garota que estava com cara de poucos amigos. Além de ser preconceituoso e usar uma camisa ridícula, o palhaço dançava como uma ave ciscando! Imperdoável! Não demorou muito para ela empurrá-lo também. Fiquei só observando e me divertindo com o espetáculo.

## PALHAÇO FETICHISTA

Estava no aniversário de uma amiga em uma boate. Grupo grande, todos dançando juntos animadíssimos, alguém me cutuca.
— Qual a cor da sua calcinha?
Só a cara dele já era risível. Bem-humorada, respondi:
— Preta, como todo o resto da minha roupa — virei e continuei dançando.
Passam algumas horas, tomo mais umas cervejas, continuo dançando. Quase fim de noite, alguém me cutuca de novo.
— Eu não acredito, é preta mesmo?
Eu que não acredito. Olhei bem na cara do palhaço, abaixei o cós da saia e levantei o elástico da calcinha.
— Olhou bem? Agora circula, *babe* — disse, fazendo sinal para ele se mandar.
— Você está dizendo pra vazar, né?
— Isso, vaza.
Virei as costas e continuei dançando. A criatura foi para o outro lado da pista. O mundo é realmente estranho.


## Palhaço Lula — não troque o certo pelo duvidoso!

Ficamos lá nos divertindo, beijando, dançando, rindo... A noite já estava meio no fim, a casa estava esvaziando e ele me chamou pra ir embora, para a casa dele. Bom, como era figurinha repetida, eu já conheço o cafofo da criança e é até no caminho pra minha casa... *Simbora*!
Fui me despedir das minhas amigas e não é que, enquanto isso, ele se arrumou com uma loura? Quando virei pra trás para pegá-lo pela mão e ir embora, o bruto estava no maior papo animado com a loura — magra, alta, de cabelão e certamente mais nova que eu. Tá, tudo bem, ela era mais nova, mais alta, mais magra e loura, mas mesmo assim é falta de educação.
Fiquei meio sem ação, mas também não quis bancar a louca. Parei na frente dele, mas olhando em outra direção e esperei. Nada. Continuou no biscate com a loura aguada e me ignorou. Bom, beleza, cada um com suas escolhas e não vou me dar ao desfrute de ficar aqui esperando. Fui conversar com o DJ, que é meu amigo, e cuja cabine fica perto da porta.
— Tu não ia rebocar o bruto?
— É, achei que ia.
Nisso, o palhaço começou a dançar com a loura, depois ficaram conversando e parece que trocaram telefones. Minhas amigas, de quem eu tinha me despedido dizendo "vou embora com ele", não entenderam nada e ficavam fazendo sinais de "que porra é essa?". Eu dava de ombros, afinal, sei lá que porra é essa. Aliás, sei sim: é palhaçada.

Estou conversando com meu amigo e combinando de emendarmos em outra boate depois quando vejo a loura passar em direção ao caixa. Pagou a conta e vazou. Olhei, e o bruto estava plantado no mesmo lugar. Rá rá rá. Resolvi tripudiar e mandar um torpedo para ele. Estou escrevendo e ouço a voz do palhaço do meu lado:
— Tá mandando mensagem pro namoradinho?
— Não, pra você. Já enviei, pode ler.
Em vez de olhar o celular ele tentou reverter o jogo.
— Poxa, você é mal-educada mesmo, hein? Sumiu e eu fiquei te esperando.
— Não, não sou mal-educada, não. Mal-educado é você. Fui me despedir das minhas amigas, amigas estas que quase não vejo, uma delas faz aniversário hoje e você sabia disso. Quando voltei pra gente ir embora, você estava com uma loura. Você me trocou e me chama de mal-educada.
— Aquele bichinho de goiaba! Imagina, eu não queria nada com ela. Você ficou com ciúme? Achou que eu estava dando em cima dela?
— Não, querido, não fiquei com ciúme. Se você queria ou não queria alguma coisa com ela, é problema seu, não me interessa, não é da minha conta. O que me interessa é que você foi mal-educado e grosseiro comigo. Você me convidou pra ir à sua casa e, enquanto fui dar tchau pra minha amiga, você estava de biscate com outra mulher e me ignorou. Mal-educado e palhaço é você. Exijo poucas coisas de um homem, uma delas é ser tratada com educação.
— Tá, tudo bem, você está certa, sou obrigado a admitir. Desculpe.
— Então, vê se aprende a ser mais educado com as mulheres.
— Tá. Então, vamos embora?
— Não vou embora com você. Ia do verbo não vou mais.
— Por quê?
— Jura que você não sabe?
— Tá, então tá, você que sabe. Eu errei mesmo, mas não fica com raiva de mim.
— Ok, tchau.
É, amigos, o palhaço quis trocar o certo pelo duvidoso e foi para casa sozinho tocar punheta. Eu fui pra outra boate e conheci um palhacinho superfofo, educado, gentil e até mais alto e bonito que ele. Rá!
Não contente com o espetáculo, o bruto continuou tentando reverter a situação e levar a eleição de virada. Quando cheguei em casa da outra boate tinha um torpedo dele: "Um beijo bem estalado!"
Respondi: "Palhaço." Cara de pau pouca é bobagem e ele mandou outra mensagem: "Ok, que tal a gente selar a paz? Um chope com muitos beijos e a gente se acerta..." Caralhos! Pelo menos podemos dizer que ele também é brasileiro e não desiste nunca. Encerrei a conversa com algo como: "Paz selada, vida que segue. A gente se esbarra por aí."

## RODADA DUPLA DE PALHAÇADAS

Saí do trabalho e fui dar pinta em certa famosa roda de samba carioca. Tinha marcado com uma amiga, que estava com outras amigas. Estamos lá, mais bebendo que sambando e tal. Havia um amigo de uma amiga da minha amiga que queria fazer amizade. Gorducho de camisa polo laranja, ele saiu de casa acreditando que ia pegar alguém naquela noite. Manjaram o palhaço, né? Tentou emplacar uma sociabilidade etílico-sexual comigo, com minha amiga, com outra amiga da minha amiga que estava bem bêbada e outras moças que pararam por perto.

A certa altura da noite chega um amigo dele. Hummm. Bem mais interessante. Não era exatamente o meu tipo, mas como eu não estava fazendo nada mesmo e ele não parava de me olhar resolvi fazer amizade. Era meio sem noção, chegou logo falando que era separado e tinha dois filhos que estavam com ele até fevereiro, que tinha cortado um dobrado para se livrar das crianças e poder sair. Tá, e eu com isso? Frisou que tinha dois filhos, dois meninos. Ok, foda-se. O bruto era alto, bem-acabado, sarado. Disse que tinha 42 anos, bom, estava até enxuto. Em geral eu aprecio a energia da juventude e sou mais chegada a tchutchucos, mas como não estava fazendo nada mesmo, já estava bêbada e começava a chover, resolvi dar uma chance à experiência e peguei o bruto. Demos uns beijos que até não foram maus. Aí o palhaço me plantou uma dentada na nuca.

— Ai! Doeu, porra. Não me morde que eu não gosto.
— Vou te morder muito mais.
— Ih, não vai não.

Desconversei, fui pegar uma cerveja. Como sou brasileira e não desisto nunca, voltamos aos beijos. O palhaço se animou: começou a querer enfiar a mão dentro da minha blusa.

— Ei, olha o mico! A gente na rua, no meio de um monte de gente!
— E daí? Ninguém tá olhando.
— Ninguém tá olhando, ninguém tem nada a ver com a minha vida, mas é ridículo. Para.
— Não pensei que você fosse fresca, você não tem jeito de mulher fresca.

# Dicionário Ilustrado de Palhaços

**PALHAÇO CHEF**
*Sua arte é te cozinhar: ele te deixa em banho-maria, coloca molho, refoga, assa, frita, coloca sal e pimenta, mas comer que é bom... nada!*

— Eu não sou fresca, só gosto de manter a compostura em público.
— Pega no meu pau.
— Que "pega no meu pau", o quê? Não quero...
— Desce a mão aqui — disse o palhaço abusado puxando minha mão em direção ao pau dele. Claro que nesse momento achei abuso do bruto e saí. Minha amiga estava atracada com um negão portentoso no outro lado da esquina, sambando com umas meninas que tinham se afastado por causa do palhaço de camisa polo laranja. Contei pra ela.
— Palhaço velho quer só mostrar serviço. Volta lá e mostra quem manda.
Humpf.
Nesse ínterim, o outro palhaço, o tal barrigudo de camisa polo, viu que minha amiga se atracou com o negão portentoso e eu, com o palhaço velho amigo dele, e resolveu que tinha que pegar alguém também. Estava pentelhando nossa amiga muito bêbada, que a essa altura estava encostada no poste para não adernar. Tentou beijar a moça e, como ela não quis, tentou puxá-la pelo cabelo!!! Meu Deus, que não existe, um ogro quarentão! Não contente, ainda mandou:
— Quer sim, vou lhe mostrar que você quer.
Que medo!
Minha amiga semialcoolizada, na tentativa de se livrar do inconveniente, disse que não ia ficar com ele porque estava a fim de outro. Ele perguntou quem. O primeiro tchutchuco que passou ela pegou pelo braço e disse: "Esse aqui!" O tchutchuco, muito solícito, fez logo amizade com a moça. O quarentão-barrigudo-de-camisa-polo-laranja se deu por vencido e foi pegar outra cerveja.
Eu fiquei observando a situação pra ver se ia ser obrigada a quebrar uma garrafa de cerveja na cabeça do palhaço. O outro palhaço, o velho, nem sei como classificar, o amigo do que estava de camisa polo, me viu parada e me plantou outra mordida na nuca, do outro lado agora.
— Porra, já não falei que não gosto que me morda? Doeu, eu detesto isso.
— É essa tua tatuagem, a culpa é da tatuagem.
— Você gosta de tatuagem, é? Tenho duas.
— Não, eu detesto tatuagem, acho ridículo, uma babaquice, me dá raiva, por isso que eu mordo.
Parei, olhei bem ele de cima a baixo. Não valia a pena discutir. Catei a mais bêbada encostada no poste e a outra semibêbada que já tinha desovado o negão portentoso e vazamos. É grave a crise quando eu sou a mais sóbria do grupo, melhor ir embora.
No dia seguinte acordei com uma marca leve de cada lado da nuca dolorida. Ódio. Ridículo, mas saí de casa com o pescoço maquiado. Coisa que eu detesto é homem que me machuca, me deixa marcada. Não sou gado pra ser marcado, oras!
Alguém deve ter dito pro idiota que mulher gosta de homem com pegada, e o imbecil achou que ter pegada é machucar. Ele estava meio passado para um comportamento ridículo desse,

né? Como eu sempre digo, antes os jovens palhacinhos, que a gente sempre pode desculpar dizendo: "Ah, ele fez isso porque é novinho, mas é fofo." Palhaço velho e rodado não dá.

## PALHAÇO MARCIANO

Estava eu dançando com minhas amigas, e cada uma delas de repente se atraca com um bruto. Continuei dançando normalmente; um palhaço me cutuca. Já começou mal, não gosto de ser cutucada, mas tudo bem, foi educadinho. Perguntou meu nome, se podia dançar comigo. Tudo bem, não estou fazendo nada mesmo.

Ele era alto e tinha um corpão sarado, mas podia ter um rosto mais bem acabadinho. Nada que fizesse vergonha, mas não era bonito. Tudo bem, não estou fazendo nada mesmo. Ficamos dançando um pouco e ele me chamou para irmos ao bar pegar cerveja e conversar um pouco. *Vambora*. Disse que tinha 27 anos e "trabalhava com informática". Tudo bem, não tenho nada contra pegar o "rapaz do suporte".

No bar, o bruto queria porque queria que eu bebesse tequila. Ai, meu Pai eterno, ele acha que vai me embebedar? Não, *babe*, quero só cerveja. O palhacinho insistiu, disse que ia pedir tequila e que eu ia beber a metade. Não, obrigada, não quero. Continuamos conversando. Acho que ele falava demais pra sábado à noite num buraco sórdido e enfumaçado, mas tudo bem. Eu já estava quase beijando o bruto quando ele me manda a pérola: "Você já ouviu falar em Tim Maia?" Não, não, peraí, ele não me fez essa pergunta. É pegadinha! Só pode. Ele deve saber que sou do *HTP* e pensou: "Ih, olha aquela mulher que esculhamba a gente, vou lá falar uma merda bem escrota pra ela", aí a melhor pior coisa que ele pensou pra dizer foi: "Você já ouviu falar em Tim Maia?" Como eu fiquei com uma cara de "como assim?", o bruto engrenou.

— Era um músico malucão.

Incredulidade.

— Eu sei quem foi Tim Maia — disse com a voz mais calma e pausada da minha vida.

— Então, uma época ele entrou pra uma religião maluca e gravou um disco todo doido.

Incredulidade. Só falta ele dizer que o "bagulho é neurótico".

— A religião é Universo em Desencanto e são dois discos chamados *Tim Maia Racional*.

— Pô, você conhece!

— Eu não sou burra, não sou retardada, não estive congelada nos últimos trinta anos e nem vim de Marte ontem — avisei em tom professoral.

— Ah, tá tirando onda, mas até um ano atrás NINGUÉM tinha ouvido falar...

— Ninguém quem?

— Pô, desculpa, você achou que eu estava te chamando de burra... mas, pô...

— Olha só, vou voltar pra lá porque é aniversário da minha amiga...

# Dicionário Ilustrado de Palhaços

**PALHAÇO CINDERELA**
*Tudo vai bem até a hora que ele acorda. Durante a noite e antes de você chegar ao leito dele, diz a todo minuto que você é a mulher mais linda do mundo e em poucos segundos fala em casamento e que quer ter muitos filhos com você. Mas basta a primeira badalada do despertador para o bruto voltar ao estágio palhaço para tratá-la friamente e até parecer um pouco incomodado por você estar ali. Contraindicado para meninas de coração fraco.*

Voltei pra perto das mesas onde estavam as outras meninas e comecei a dançar com elas. Uma delas fez uma careta para mim e me avisou:

— Tem um homem enorme atrás de você te olhando — como quem diz "Até que ele dá um caldo. Caldo grosso..."

— Humpf. Eu ia ficar com ele, mas o bruto me perguntou se eu já tinha ouvido falar em Tim Maia. Por que não ficou calado?

Gargalhadas.

— Diz que não, mas que você gosta muito de um cantor novo, meio desconhecido, chamado Gilberto Gil.

Gargalhadas.

O moço ainda ficou um tempinho plantado, dando pinta de meu segurança. Cutucou avisando que ia voltar pro buraco de onde tinha saído. Ok, vai lá, a espaçonave deve estar esperando pra você voltar pro seu planeta.

## PALHAÇO PENSANDO ALTO

Uma amiga (linda de viver!) estava expondo a figura na Medina, ou melhor, num daqueles bares com música da Lapa, quando um palhaço com carinha de tão novo que não devia nem ter pentelho a chamou pra dançar. Eles estavam dançando, quando o cara resolveu começar o espetáculo:

— Quantos anos você tem?

Péééééé! Começou errando, fofo. Não se pergunta a idade de uma mulher, principalmente se ela parecer mais velha que você.

— Trinta e um — responde a mulher.

E o rapaz, depois de um suspiro desanimado:

— Tudo bem. Não tem problema. É só pra dançar mesmo...

## PALHAÇO CORRETOR IMOBILIÁRIO

Numa pista dessas conheci um palhacinho todo gostosinho, todo rosinha, carinha de bom-moço, vinte e poucos anos, estudante de economia, morava com a mamãe. Amigo de uma amiga minha, sorriso bonito, gentil, educado e ainda tinha sotaque baiano. Ai, que coisinha, assim eu me apaixono.

Bebemos, dançamos, rimos juntos a noite toda. Saímos do muquifo já dia claro e ele foi me levar em casa.

— Eu moro aqui.

— Aqui? O ponto aqui não é muito bom.

— Não é bom? É, sim! Tem ônibus pra tudo quanto é lugar, comércio e metrô próximos!

— Não, não é bom.

Achei meio sem noção, mas tudo bem, ambos tínhamos bebido muito e estávamos há mais de 24 horas no ar. Muito naturalmente, ele foi subindo comigo, nenhum dos dois questionou. Perguntei se ele queria cerveja ou refrigerante, e ele pediu água, pois já havia bebido demais. Quando peguei o copo o moço começou a rir.

— Porra, velho, tu me serve água em copo americano?

Tive que respirar fundo enquanto pensava: "Primeiro, velho é o teu cu. Segundo, acho copo americano super *style*. Tenho dinheiro para comprar qualquer copo que eu queira, gosto de copos americanos, caralho."

Mas como guerra é guerra, e não sou mulher de ter a viagem perdida, desconversei e puxei o rapaz pro quarto. Chapa quente, a função pegou fogo, mas como estávamos cansados, depois da primeira resolvemos dar uma dormidinha de conchinha.

— Porra, velho, como você consegue dormir nessa claridade? Por que você não bota uma cortina e um ar-condicionado nesse quarto?

— A claridade não me incomoda porque eu acordo cedo pra trabalhar, já que eu pago minhas contas e não devo nada a ninguém.

— Pois minhas contas quem paga é a minha mãe!

É, percebe-se. Como sempre diz minha irmã, sábia domadora de palhaços, quem dorme com criança acorda mijado.

## TURNÊ CIRCENSE E O PALHAÇO FAIXA ETÁRIA

Nada como uma noite na pista para renovar o repertório. Que rufem os tambores e abram-se as cortinas!

Amiga exilada em Brasília estava no Rio e tinha avisado que aceitava até convite para chá de bebê. Marcamos de dançar com outras amigas de faculdade. Tinha um jantar na casa de outra amiga, e decidi prestigiar ambas. Após o convescote indoor, parti para a pista já bem calibrada. Mal entrei, achei as meninas animadíssimas perto do palco. Éramos cinco jornalistas solteiras e debochadas pra horror da categoria circense no local.

Estamos lá dançando e chega uma dupla de palhacinhos simpáticos e bem-apessoados. Eram jovenzinhos, mas como não estávamos fazendo nada mesmo, valiam o biscate.

Um veio falar comigo e o outro com minha amiga interestadual.
Depois de um blá-blá-blá inicial de "você é linda" e "estava te olhando há um tempão", o palhacinho disparou: "Quantos anos você tem?" Bom, acho que isso não é pergunta que se faça, mas tudo bem também. Não tenho problemas com a minha idade.
— Trinta e oito.
— Como?
— Trinta e oito...
— Hein?
— Trinta e oito! — gargalhando.
— O quê?
— Eu tenho 38 anos, mas se você não tá preparado pra resposta, é melhor nem perguntar certas coisas.
— Não, o que é isso? Não foi isso. Eu tenho 25 e só perguntei porque achei que você tinha minha idade. Aliás, eu pensei que você fosse até mais nova, achei que tinha 23, 24...
— Querido, você não tá bêbado o suficiente pra achar que eu tenho 24 anos, mas vou tomar como elogio. Você é muito gentil.
— Não, isso de idade não tem nada a ver.
— Aham, mas fala.
— Eu moro na Tijuca, e você?
— Aqui na Lapa.
— Na Lapa?!?!
Parecia que eu tinha dito que comia cocô, mas tudo bem. Sorri e disse:
— Sim, meu bem. Aqui perto, na Lapa. Venho pra cá andando.
— E o que você faz?
— Sou jornalista.
O bruto se animou.
— Ah, eu não sou qualquer um também não. Eu fiz faculdade e pós-graduação em Marketing!!!
— Ih... Já é um homenzinho...
Ele mereceu e não dava para perder a piada.

\* \* \*

Enquanto isso, o amigo dele chegava na minha amiga.
— Você é carioca?
— Sou.
— Você mora onde?
— Em Brasília.
— Em Brasília?! Por quê? O que você faz lá?

Parecia que ela tinha dito que comia cocô. Será que para eles só é normal morar na Tijuca? Pior é que a moça, quando está no Rio, mora na Tijuca também.
— Eu trabalho lá.
— Trabalha?! Você é deputada?!
— Não, sou senadora.
— Caralho, senadora? Porra, você manda muito.
— É, mando. Eu sou foda.
É, ele também mereceu e não dava pra perder a piada.

## MINUTOS DE SABEDORIA
*"Coração de mulher é que nem circo, sempre cabe mais um palhaço!"*

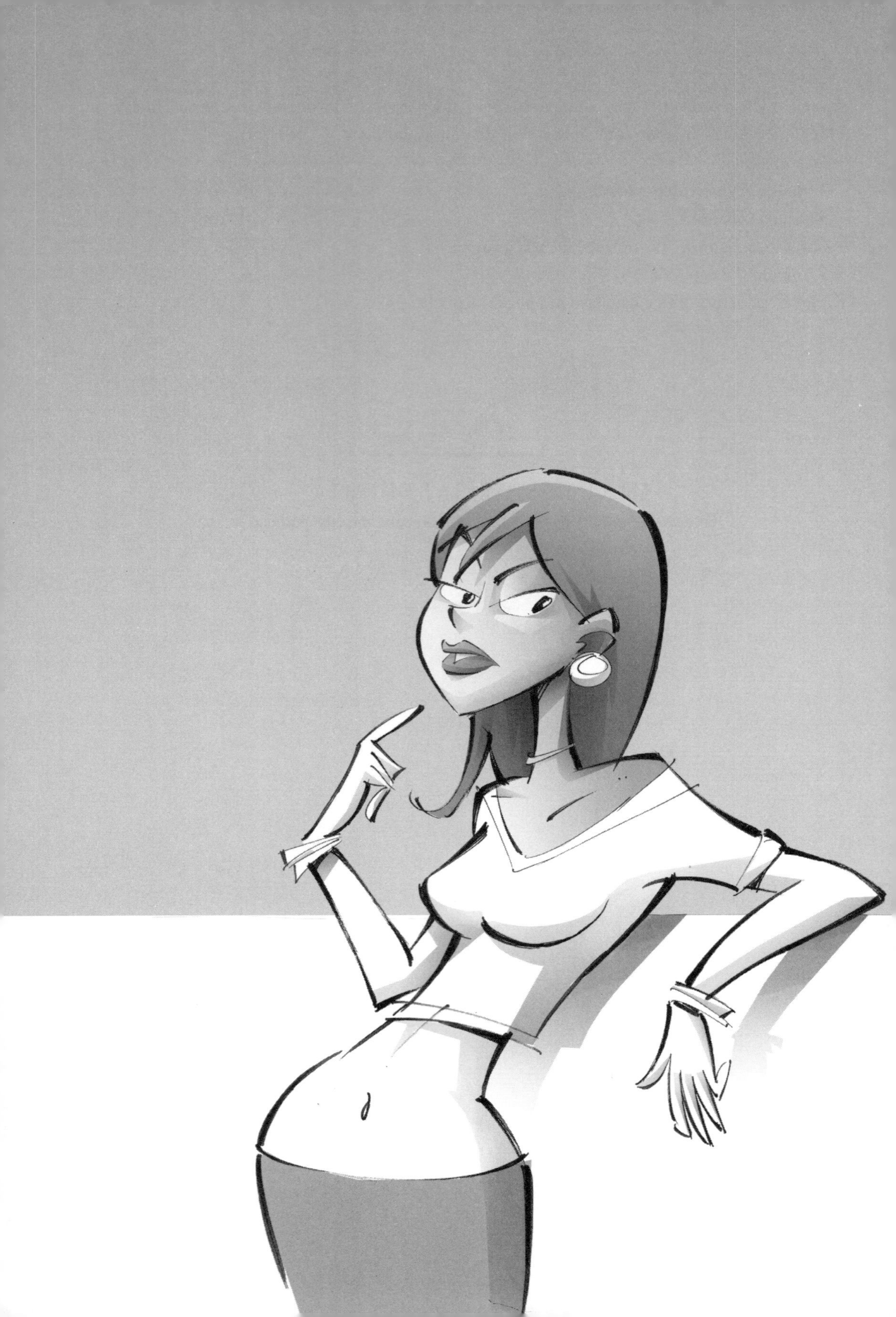

# CANTADAS INCONVENIENTES

## PALHAÇO CUTUCADOR

Já é da natureza do homem ser palhaço. Por vezes, essa característica acaba ultrapassando os limites do relacionamento amoroso e só prova que homem não só é tudo palhaço, como também é SEMPRE palhaço. O relato abaixo ilustra isso.

Pois bem, estávamos eu e Ana dançando em certa casa de shows carioca. Fomos com outros amigos, mas no momento do ataque circense estávamos só nós duas. Estávamos lá, dançando animadas, quando alguém me cutuca. Olho pra trás e um moreno um pouco mais alto que eu faz uma cara tipo "ih, pensei que fosse outra pessoa" e um gesto de "deixa pra lá". Virei de volta, e a Ana perguntou o que tinha acontecido.

— Acho que ele gostou do meu *derrière*, mas não da minha cara, vou entender como um elogio à minha bunda e deixar pra lá.

Ana revirou os olhos por identificar mais um artista circense e continuamos dançando.

— Ele tá de camisa do Brasil e mochila! — me avisou.

Ui, que medo!

Passam-se alguns minutos, outra cerveja e me cutucam de novo. Olho, e é o mesmo palhaço, com o mesmo gestual. Ai, porra. A palhaçada se repete e eu já viro com cara de "porra, vai cutucar o cu da mãe". Ele:

— Eu ia dizer uma coisa mas nem vou falar, deixa pra lá.

Daqui a pouco alguém me cutuca de novo. Nem me virei, fiz um gesto de vaza por cima do ombro enquanto exclamava: "Puta que pariu, eu devo merecer."

Então é isso mesmo, a abordagem do moçoilo é essa. Ele me cutucava e fingia que desistia, insinuando algo do tipo "queria falar com você, mas como vou tomar toco mesmo... deixa pra lá". Ele achou o quê? Que eu ia virar e dizer, toda sorridente: "Fala, o que você queria dizer? Quero te ouvir"? Ora, vá dar meia hora de bunda e não me cutuca, porra.


## PALHAÇO EMPADINHA

O encontro foi casual. Encontram-se na rua. Ele pediu desculpas por não ter ido ao enterro do marido dela. Eram amigos, mas na ocasião ele estava viajando a trabalho.

— Uma pena, uma pena... Ele era tão moço — repetia.

Conversaram amenidades. Ele queria se desculpar, se redimir pelo sumiço numa hora tão dura pra ela. Convidou-a pra almoçar, quem sabe um jantar.

— Não se incomode. Qualquer dia desses passe lá em casa pra tomar um café. Sei o quanto você gostava dele — disse a moça querendo ser gentil.

Foi um convite *pro forma*. Aquela coisa tipicamente carioca de convidar sabendo que a pessoa nunca vai aparecer na sua casa.

Mas ele apareceu. Dias depois, lá estava o bruto diante da porta. Levou bombons. Ao entrar, mais uma vez desculpou-se por não ter podido ir ao enterro do amigo. Já acomodado no sofá, perguntou como ela estava, se precisava de alguma coisa. Ela falou da solidão, da dor da perda e disse que entendia os motivos dele. Afinal, a morte foi repentina, a doença muito rápida.
Conversaram por uma hora.
— Seu filho vai demorar? — ele perguntou depois de alguns segundos daquele silêncio constrangedor. De fato, ela não sabia. Respondeu que o menino, na verdade já um homem, não parava em casa.
— Esses cachinhos do seu cabelo são naturais? — nova pergunta inusitada, dessa vez acompanhada de uma aproximação física e uma passada de mão no cabelo dela.
Ora bolas. Os cachinhos sempre estiveram lá. Ele já estava careca de saber que o cabelo dela era daquele jeito. Afinal, o malandro era amigo do marido dela há anos! "Que diabos de pergunta é essa?", ela pensou já procurando um novo lugar no sofá, bem longe do bruto.
— Já que seu filho vai demorar, bem que a gente podia dar uma deitadinha... — sugeriu o palhaço.
Proposta inusitada, certo? Mais inusitado ainda foi o que ela entendeu. Surdez, velhice ou nervosismo, ela não sabe. Apenas entendeu que o homem queria comer uma empadinha.
— Aaahhh... Se você tivesse me dito antes, eu tinha me preparado melhor — disse em tom de culpa, desculpa, já pensando onde poderia ter encomendado as empadinhas.
— Não precisa ser tão formal. É só uma deitadinha... — respondeu o bruto, ainda sem perceber a confusão.
— Poxa... É que eu não sabia que horas você ia passar, por isso nem pensei em alguma coisa assim mais pro salgado... Eu podia ter passado na Casa da Empada e encomendado algumas... — ela ainda justificou.
— Casa da Empada?!?! — perguntou ele assustado.
— É. Você não quer uma empadinha? — ela rebateu agora sem entender a reação dele.
— Não, não — disse ele rindo. — Quero dar uma dei-ta-di-nha com você, coisa rápida.
Quando ela se deu conta, estava enchendo o homem de bolsadas.
— Ponha-se daqui pra fora, seu tarado filho da puta! — gritava ela já abrindo a porta. Tentando se defender, ele ainda levou a caixa de bombom na cabeça.
Dias depois, ela recebe em casa um enorme buquê de rosas do bruto. Com uma tesoura, cortou o cartão em picadinhos e devolveu as rosas, também picadinhas.

# Dicionário Ilustrado de Palhaços

**PALHAÇO "COBRA NO BOLSO"**
*Antes fosse o que vocês estão pensando. O bruto em questão não coça o utensílio da calça porque é pão-duro. Muquirana mesmo. Daqueles que chamam para sair e dividem a conta até nos centavos ou pedem um chope para dois e negam a sobremesa, mas comem da sua porque, afinal, estão ali mesmo, né?*

## 😊 A SENSIBILIDADE EM PALHAÇO!

Praça São Salvador, aprazível localidade da zona sul carioca onde jovens ou nem tanto bebericam cerveja, paqueram e se divertem. A empresária circense amiga estava lá, tomando umas (várias) cervejotas com a irmã caçula, quando vê um rapaz de moto do outro lado da praça que parecia seu primo. As duas olharam bem, mas concluíram que não era o parente.
— Ih, vamos parar de olhar, senão ele vai pensar que a gente tá dando mole.
Ele pensou, mas até que não foi mal. Deu a volta e veio se apresentar para as moças. Como era bem-apessoado e ela não estava fazendo nada mesmo, fez amizade com o catiço. Beijos e cervejas mais tarde, foram andando até a casa dela, ali ao lado. Ficaram dando uns amassos no jardim do prédio e ela já ia convidar o bruto pra entrar quando ele se precipita e solta a pérola:
— Você tá merecendo levar uma pirocada.
Que sensibilidade, que poesia, que senso de oportunidade! A moça broxou e entrou sozinha. Ele deve ter ido pra casa tocar punheta.

## E O PALHAÇO ATACA NO FUTEBOL

Oito formosas meninas, incluindo esta que vos escreve, jogavam seu futebol semanal no campinho mais escondido do Horto. Discretas, caladinhas, suando em bicas, corriam como doidas atrás da bola. Jogo vai, jogo vem, um bruto se aproxima da grade e aos berros "comenta" com o amigo ao seu lado:
— Nesse time aí é que é bom de fazer marcação "homem a homem"...

Todas nós paramos e olhamos pra ele, que, rindo, se achava, assim, muito esperto.
Senhor, meu Deus, será mesmo que eles acham que cantadas desse naipe agradam qualquer/alguma mulher com mais de um neurônio na cabeça?
Palhaço futebolístico patético.

# PALHAÇO CURRICULUM VITAE

Pista dessas, meio da noite, palhacinho bem bonitinho chega em mim. Perguntas de praxe e sem criatividade. Qual seu nome? Onde você mora? É a primeira vez que vem aqui? Qual sua profissão? Não sei bem por quê, mas ele concluiu que tínhamos muita coisa em comum. Quer dizer, sei sim: claro que ele disse isso porque queria me beijar, mas, além de nomes iniciados pela letra R e uma lata de cerveja na mão, não achei mais nada em comum entre nós. Enfim, ele era uma gracinha, mas devia falar menos, assim diminuiria a chance de falar bobagem. Já estava enchendo.

— Eu sou engenheiro.

— Ah, tá — disse eu, pensando que deveria dizer "adoro comer cu de engenheiro" pra ver a cara que ele ia fazer, mas poupei a criança.

— Você não vai adivinhar com o que eu trabalho.

— Não vou mesmo, se quiser, diz aí.

— Sou consultor!

— Hummm... — nem vou dizer a respostinha que pensei.

— E nem sei se deveria dizer isso, mas eu faço mestrado!

— É mesmo, é? Termino o meu esse mês — falei com expressão de enfado.

Cara de susto e incredulidade. Acho que ele pensava que mulheres não faziam mestrado.

— Sério?! Em quê?

— Comunicação Social, oras.

Não é que o puto fez cara de desdém?

— Eu faço mestrado em Logística! Você sabe o que é Logística?

— Ah, não! Peraí. Que você queira tirar onda, tudo bem. Que queira falar merda até, tudo bem. Agora, me chamar de burra, não!

— Puxa, eu devo ser muito feio, você tá me tratando tão mal.

— Feio não, você até que é bonitinho, mas esse teu papo é muito ruim! — pensei em dizer que a camisa dele também não ajudava, mas resolvi deixar barato.

— Então eu devo ser muito chato, muito pela-saco.

Por pouco ele não ouviu "bingo!", mas eu estava de bom humor.

— Olha, não vou entrar nesse joguinho. Você é bonitinho e até parece gente boa, mas esse teu papo é muito ruim. Acho que você deveria rever essa sua abordagem pra sexta-feira que vem, viu?

Sou uma santa, né? Acho que o *blog* — que agora ganha o reforço do livro — não tá dando conta de educar os palhacinhos. Estou pensando em abrir um curso!

## 🤡 PALHAÇO FOLGADO

Noite dessas, tava com uma empresária circense em certo cafofo sórdido do bairro de Botafogo. Animadas na pista, percebo que dois palhaços me olham. Comentei com minha amiga: "Tem um cabeção e um careca com duas blusas me dando mole." Ela avaliou os dois e opinou: "O modelito do careca poderia ser melhor, mas é a melhor opção no momento." Isto posto, na hora de buscar uma cerveja, escolhi passar ao lado dele. O bruto me interceptou e se apresentou.
— Mas você já vai embora?
— Não, tô indo pegar uma cerveja.
Veja bem, respeitável público, se não era a deixa pra ele me acompanhar até o bar, conversar, tomar uma cervejota e fazer amizade. Pois sabem o que o palhaço disse? "Pena que só te conheci agora, se não pedia pra você trazer uma pra mim também."
Ahhh! Que proposta irrecusável!

## 🤡 PALHAÇO "CASA COMIGO"

Dia desses, tô eu descendo até o chão possuída em certo famoso baile funk na Lapa, quando um jovem tatuado e bem apessoado me aborda.
— Você tem mó jeito de mulher de *fuzilêro*.
— Eu?
— É, tu ainda vai casar comigo.
— Querido, entre todas as possibilidades que a vida me oferece, ser mulher de fuzileiro certamente está na última página.
O bruto fez cara de "ih, não colou! Como assim ela não quer casar comigo e ser mulher de *fuzilêro*" e vazou. Na verdade, ele já tinha se apresentado na hora em que fui buscar cerveja, mas não dei trela. Ele tinha me cutucado pra perguntar: "Você é daqui?" Como sou da Lapa, do Rio de Janeiro e do Planeta Terra, respondi sim e fui dançar.

Não sei bem de onde veio essa "moda" ou quem teve a ideia brilhante, mas virou espetáculo recorrente os palhacinhos chegarem em você insinuando que querem um compromisso, que você é a namorada que ele pediu a Deus, a norinha que mamãe sonhou. Claro, papo-furado e desnecessário. Isso lá é cantada que se apresente? Era melhor ele ter dito que eu fico linda descendo até o chão. Teria mais chance.

---

MINUTOS DE SABEDORIA
*"E agora, quem paga a depilação?"*

## PALHAÇOS RH

O negócio do momento é a cantada CV (curriculum vitae). Dois caras já me abordaram dando seus currículos e perguntando à queima-roupa minha profissão, local de trabalho e principais funções. A qualquer hora vão querer saber minha pretensão salarial.
Um dos malandros ainda fez pior. Já chegou reclamando do seu trabalho:
— Sou biólogo marinho. Mergulhador de águas profundas de uma empresa de petróleo. Vivo embarcado. Ganho mal.

Vem cá, ele queria um beijo na boca ou um emprego novo? Na verdade, eu sei o que ele queria: aparecer. Mergulhador é uma profissão incomum, por isso tem certo glamour, e trabalhar com petróleo ainda conta pontos a favor. Ele achou que com estes dados eu fosse me jogar aos seus pés e implorar pra ele me pedir em casamento porque ele é um partidão? Humpf! Bom partido é meu emprego que me paga salário em dia. Palhaço.


## CANTADAS CIRCENSES...

Essa ganha de todas. A empresária circense estava lá, toda, toda, de biscate com um contatinho de MSN. Eis que de repente o bruto cunhou a pérola:
— Se beleza fosse merda, você estaria toda cagada.
É, respeitável público, é isso aí. É quase inacreditável, mas é isso aí.


## O PIOR XAVECO DO MUNDO

Empresária circense está dando pinta em São Paulo, quando se depara com a pior cantada, ops, xaveco, da sua existência.
— Nossa, não tava preparado pra você...
— Como assim?
— Você é muito mulher... — pensei "Ih, ele pega traveco!"
— Como assim "muito mulher"? Sou que nem todas as mulheres...
— Não é, não. Você me encara, sustenta meu olhar, não vira — pensei "Putz, ele pega traveca vesga!"
— Ué? E por que não olharia? Não devo nada a ninguém...
— Você é muito charmosa... Eu não tava preparado pra esse seu charme todo. Você é charmosa e sexy... Esse seu sotaque carioca...
— É meeeermo, paulixxxxxta?
— Não, essa tua boca, não tava preparado pra essa tua boca...
— Você é gentil.

— Nossa, eu queria usar aparelho pra enganchar no seu e não largar mais.
— Ai, quero não.
Tóin.

## PALHAÇO INSTRUTOR DE AUTOESCOLA

Eu tirei habilitação para dirigir (ou "porte de arma", como disse o instrutor) há quatro anos, mas só agora comprei meu carro. Então, voltei à autoescola para uns treinos. A mulher que já tirou carteira sabe que instrutor de autoescola é palhaço da melhor (ou pior) estirpe. Eles sempre arrumam um jeito de dar uma cantada na aluna e, como já os ouvi dizer, detestam dar aulas pra "pernas cabeludas", os homens. Pois o instrutor que me deu aula desta vez não foi diferente. Vendo que eu, apesar de muitos anos sem dirigir, me saí bem, ele comentou:
— Você não está mal, não. Se seu marido tiver paciência, pode treinar com você.
Marido? Ele não viu nenhuma aliança na minha mão...
Já que ele quer saber se sou casada, digo logo que não tenho marido. Meu "treinador" seria meu pai. E completo:
— O problema é que marido você xinga, puxa o freio de mão e manda descer do carro, mas pai, não. Não dá pra fazer isso com pai.
O treino prossegue e mais adiante ele comenta:
— Se o seu namorado treinar com você...
Caralhos me fodam... Isso já está ficando chato...
— Meu namorado não dirige.
— Não?!?! — perguntou estarrecido o palhaço. Era como se eu tivesse dito que namorava um eunuco.
— O bom é que posso jogá-lo no carro e fazer a merda que quiser.
Ele ficou meio chocado com o fato de o "meu namorado" não dirigir, mas pelo menos parou de tocar no assunto. Ainda tenho mais cinco treinos com ele. Vou preparar a pipoca.

## NOVELA NO CIRCO

A noitada do fim de semana passado rendeu tantos relatos de espetáculos variados que vou escrever em capítulos, como uma novelinha, para vocês acompanharem:

### Capítulo I: Palhaço Ginecologista

Acho que essa é a mais bizarra das palhaçadas. Na semana anterior elas tinham ido a um sambinha famoso aqui no Rio. N. e C. já estavam dançando quando um carinha bem bonitinho chamou F., a mais arrumadinha das três, para dançar com ele.

Já que estavam sambando juntos, ela tentou puxar papo, aquela coisa básica de "É a primeira vez que venho aqui, legal, né?" ou "Sou jornalista, e você?"

O malandro olhou pra ela e mandou na lata:

— Olha, comigo não cola isso de ficar de papo, trocar telefone. Não. Comigo é pau no útero.

Ela contou que na mesma hora sentiu uma pontada no órgão supracitado. Quero não! Deve doer!

Mas que simpatia, né? Que demonstração de *savoir-faire*! Que rapaz inteligente, esse sabe conquistar uma mulher. Minha nossa senhora dos pentelhos grandes, ele achou que ela ia dizer: "Oba, então vamos machucar meu útero"? Ele achou realmente que era algo inteligente/sagaz/engraçado de se dizer? Pau no útero? Pau no útero? Se ainda fosse na xoxota, ela poderia até querer, mas no útero? Cara, isso deve dar ferida de colo de útero, deve doer!

## Capítulo 2: Palhaço Desditoso

Essa foi protagonizada por uma amiga que atribuía as palhaçadas por mim narradas à pouca idade dos artistas circenses. Tolinha. Comprovando que palhaçada não tem idade, a própria contou essa reconhecendo que o protagonista devia ter uns 40 anos.

Certo dia ela estava meio atribulada e resolveu pensar na vida olhando o mar. Apesar de ter um compromisso para o almoço, para ter paz e tranquilidade foi até o fim da praia do Recreio, em um trecho bem deserto. Olhou em volta e não tinha quase ninguém: apenas um cara sentado bem longe, provavelmente na mesma situação que ela, imaginou. Humpf.

Sentou em sua cadeira e ficou lá, pensando e olhando as ondas, a imensidão azul do céu, sentindo os pés na areia fria. Eis que, de repente e sem ser solicitado, o bruto que estava lá longe se corporificou ao seu lado.

**Dicionário Ilustrado de Palhaços**

**PALHAÇO CONTATINHO**
*Ele gosta de manter contato. Com qual finalidade, ninguém sabe. Um dia, sei lá, ele pega seu telefone. Tipo, um ano depois, liga. Não faz a menor ideia de quem seja, mas liga. E ainda diz: "É pra manter contato."*

— Oi, você não quer bater um papo com um cara chato?
Uau, mas que proposta, hein? Ela ficou olhando o bruto meio sem acreditar que aquilo estava acontecendo.
Segundo o relato da moça, o cara até que era bonitão, bem-apessoado, corpo bem-cuidado, cabelos charmosamente grisalhos e tal. Sabe como é o ditado, né? "Por fora bela viola, por dentro pão bolorento." Ele foi perseverante na falta de noção.
— É que eu estava sozinho, vi você aqui sozinha e pensei que podíamos nos conhecer.
Bom, a resposta que acho que ele merecia era: "É, Pedro Bó, eu dirigi até aqui só pra ver se conhecia um chato." Porra, se eu tivesse querendo gente por perto teria ido ao Posto 9, não teria vindo pra cá, né?
Não sei se o instinto profissional falou mais alto (ela é psicóloga) ou se ela é gente boa demais, mas o fato é que em vez de mandar o malandro ir dar meia hora de bunda, ela deixou o palhaço vender seu peixe, quer dizer, apresentar seu espetáculo. Em poucos minutos de conversa ele desfiou um rosário de desgraças que ela nunca tinha ouvido nem dos pacientes que frequentam seu divã. Confessou que era soropositivo, tinha hepatite B e C, tinha sido largado pela mulher, aposentado devido às doenças, falido, com a casa literalmente caindo aos pedaços e praticamente sem dinheiro pra comer.
— Olha, tá na hora de eu ir embora, meus amigos estão me esperando pra almoçar. Eu te aconselho a procurar um profissional, um psicólogo ou terapeuta que possa ser pago pra te ouvir. Querido, com essa abordagem, assim, logo de cara, você assusta as pessoas!

Generosa ela, não?


## Último capítulo: Palhaço Canguinha

Deixei pra encerrar a saga o espetáculo mais original de todos, afinal esse não tem só talento circense, tem também uma cara de pau sensacional. A protagonista é uma amiga, digamos assim, de uma família nômade. Cada irmão mora num estado.
De férias, ela resolveu passar uns dias com uma irmã que mora em São Paulo. No ônibus conheceu um palhacinho que parecia legal. Paulistano, estava voltando pra casa. Como ela ia ficar um tempinho por lá saíram algumas vezes e se deram muito bem.
Bom, eu não acredito em relacionamentos a distância e sou a favor da valorização da mão de obra local. Mas também não tiro o valor de um biscatinho interestadual, alguém pra passar as tardes de domingo falando sacanagem no MSN. Quem sabe não rende um pau amigo pra divertir nas férias? Passar uns dias esmerilhando em outro estado? Um lugar pra se hospedar num feriado? Dá motivo, dá motivo, compreendo a moça.

Passadas as férias, N. voltou pro Rio e continuou em contato com o palhacinho. No feriadão seguinte o bruto veio visitá-la. Erro fatal, N. hospedou o bruto. Mal chegou à casa dela, ele mostrou a que veio: fazer palhaçada.
Chegou à cozinha e viu o bebedouro de água mineral dela.
— Mas pra que você compra água? Sai muito caro. Por que você não compra um filtro?
Bom, ela deu uma resposta normal, do tipo "prefiro assim" e desconversou. Que merda, tinha arrumado logo um mão de vaca!
Sabe aquelas saladas vendidas no supermercado que as folhas já vêm todas lavadas dentro de um prato de isopor? Superprático e higiênico, sabe? Pois é. Não contente, quando o bruto abriu a geladeira, mandou bala:
— Mas por que você compra isso? É muito caro! Por que você não compra tudo na feira e lava?
"Alôooou! Eu pedi dinheiro pra comprar alguma coisa? Você vai se hospedar aqui 'digrátis' e só tem que me comer direitinho. Dá licença de eu gastar meu rico dinheirinho de moça trabalhadora como bem entender?" Ok, ele merecia ouvir isso, mas ela não disse; chocada, desconversou.
Depois de mais algumas declarações bizarras, ela viu que aquilo não ia rolar.
— Querido, não leva a mal não, mas acho melhor você ir pra casa de algum amigo seu, ok?
Não, não sei qual foi a frase exata que ela disse, mas deu o bilhete azul para o garotão.

Vem cá, você é hóspede na casa de alguém e já chega dando pitaco? Imagina se algum dia ela namorasse o bruto? Ele ia querer mandar e desmandar na vida dela. E ainda por cima um palhaço sovina!!! Ia querer que ela reaproveitasse papel alumínio e filme plástico de PVC!

## QUE ABUSO!

Fomos eu e Ana Paula com a irmã, a mãe e a sobrinha, além de outra amiga com o filho pequeno, à festinha de aniversário do filho de outra amiga nossa. Depois de cantarmos os "parabéns", eu e a irmã da Ana fomos pegar uns docinhos.
Estávamos lá olhando a mesa e avaliando quais calorias valiam a pena. L. pegou alguns docinhos pras crianças e eu peguei **um** brigadeiro, **um** cajuzinho e **um** olho de sogra. Estávamos comentando que a vontade era comer vários docinhos quando parou ao meu lado um senhor, pra não dizer um palhaço, velho, de camisa verde-limão e ombrinhos desnudos (isso mesmo, deixando o sovação cabeludo à mostra).
— Não come isso não porque engorda.
Eu não sei se não ouvi mesmo ou se não quis acreditar.
— Como?

# Dicionário Ilustrado de Palhaços

**PALHAÇO CRISTÃO**
*Ele sente tanta culpa, que é capaz de trair a namorada e repetir incessantemente que não se sente bem fazendo aquilo, que ama a mulher, maaaaas... está ali traindo! Ele jura que é infeliz, que quer largar a mulher, e... está ali traindo!*

— Tô falando pra você não comer isso porque engorda — repetiu o safado, finalizando com uma gargalhada.
Incrédula, pisquei algumas vezes pra ver se aquela visão do inferno sumia. A irmã da Ana perguntou o que tinha acontecido e eu contei.
— Ah, filho da puta, cadê ele? Manda tomar no cu! — replicou ela, indignada.
Não deu tempo, ele tinha se escafedido. Ainda dei uma procurada no salão pra mostrar o palhaço para as outras meninas. De repente podíamos enfiar a porrada no bruto, mas ele tinha sumido mesmo.

Posso com tamanho abuso? E se eu engordar o que aquele artista circense aposentado por invalidez tem com isso? Palhaço!

## DA SÉRIE "CANTADAS PALHAÇAS"

No bar lotado o cara se aproxima, segura as mãos da dama em suas mãos e comenta, quase com lágrimas nos olhos:
— Suas unhas estão lindas!
Cantada palhaça merece resposta idem:
— Quer o telefone da minha manicure?

## O FIM DA CANTADA PALHAÇA!

Confesso que tenho pudores de chupar (ou tomar, como queiram) picolé ou sorvete de casquinha na rua. Quase todas as vezes que tentei, fui brindada com uma cantada grosseira e agora só saboreio o doce no recesso de meu lar ou apelo para um copinho. Mas, agora, tudo mudou! Roberta me enviou um e-mail com respostas para vinte cantadas idiotas, e entre elas estava a sensacional: "Como eu queria ser esse picolé..." Ei-la:
Quando o palhaço vier na sua direção, sorrindo marotamente, gingando malandramente, se achando o "pica de ouro" e

soltar a famosa frase: "Como eu queria ser esse picolé", você, mulher, já pode respirar fundo, abrir seu melhor sorriso e perguntar alegremente:
— Fresco e com um pau enfiado no rabo?

Eles merecem!

## O VELHO CAFA: PALHAÇO OGRO

Sexta-feira passada, em certa casa de samba na Lapa. Chegamos depois de meia-noite, eu e minha gangue de amigas, todas mulheres lindas e loucas na casa dos 30 anos. Pista cheia, todos felizes e sorridentes sambando e flertando naquela noite quente.
Pegamos cerveja e fomos flanar pela pista. Estou lá, meio dançando, meio rindo e batendo papo com meu copo na mão. Vem um palhacinho na minha direção, vem rindo pra mim. Meio gorduchinho mas bem-acabado, achei fofo e sorri também. Ele vem chegando e mantemos os olhos nos olhos e o sorriso nos lábios. Mexo no cabelo com a mão livre e faço graça. Quando o bruto chegou perto, o que vocês acham que ele fez? Perguntou meu nome? Disse que me achou bonita? Chamou pra dançar? Segurou minha mão? Nananinanão!!! Ele beliscou meu braço! Peraí, me beliscou! Chegou e beliscou meu braço. Eu lá sou peça de carne na feira pra ele beliscar? Vai beliscar o rabo da tua mãe, palhaço! Fechei a cara, virei de lado, dei dois passos e saí de perto. O palhaço sem-loção ainda ficou sambando por perto, sorridente. Agora me fala... posso com isso? Se chegasse e me pegasse pela mão, levava. Se me puxasse pela cintura, levava. Se me beijasse sem dizer palavra, levava. Se ficasse apenas sorrindo e sambando na minha frente, eu mesma levava! Agora, beliscou, leva é o selo de palhaço! Comentei com minha amiga, ela deu uma boa olhada no bruto e sentenciou:
— É bonito. Se faz assim é porque deve ter público.
Bom, pode até ser, mas fiquei lá até o fim do show e ele continuou sozinho. Já eu fui embora de mãos dadas com um palhacinho gentil e bem-educado, que se apresentou, disse que eu era linda e me tirou pra dançar. Ok, provavelmente era um exemplar do Palhaço New Cafa, mas pelo menos naquela noite não teve oportunidade para espetáculo.

## O NOVO CAFAJESTE

Como já disse Joaquim Ferreira dos Santos, o novo cafajeste não é mais um grosseirão. Não puxa pelo cabelo nem força a barra pra nada. O novo cafa é suave e *cool*. Viajou, leu, gosta de cinema e finge que se interessa sobre você. Mas, uma vez conquistada a presa, ele desaparece e ainda manda um torpedo no celular: "Eu já disse que quero que você seja muito feliz?"
Pois é, eu já tinha identificado o tipo, mas não tipificado em mais um verbete no dicionário dos palhaços. O Joaquim, palhacinho gentil e antenado, nos fez essa gentileza. No começo

fiquei em dúvida: "Mas como? Ele é educado, gentil, sensível, culto..." Depois caiu a ficha de que esse tipo é o pior, afinal, pega a gente desprevenida e ainda não sabemos muito bem lidar com ele. Ainda não tenho certeza, mas acho que prefiro os que mostram logo a que vieram.

## PALHAÇO BANDIDO

— Você é rock'n'roll. Não adianta fingir que é samba, porque eu sei que você é do rock.
— É, é? E como você tem essa certeza?
— Nem adianta, você tem cara, tem rosto, se veste rock'n'roll. Eu também sou rock'n'roll e por isso te reconheci.
Ah, tá. Que bom que ele explicou, né? Bom, eu estava de calça jeans, bata branca, All Star preto e uma bolsa preta com flores coloridas bordadas. Sei lá se isso é se vestir rock'n'roll.
— Assim que eu te olhei pensei "aquela é uma mulher bandida".
— Bandida?! Eu não era rock'n'roll?!
— É, nem adianta negar, tu é bandida que eu sei.
— Como assim "bandida"?
— Você sabe... Eu também sou bandido, por isso a gente combina.
— Combina?
— Claro que combina, foi por isso que eu cheguei em você, porque vi que éramos iguais.
É, bem, tipo assim... Se sou bandida não sei, mas sei que não combino com um palhaço que quer me dizer quem eu sou. Principalmente porque ele não decidiu se eu sou rock'n'roll ou bandida. Vazei.

## PALHAÇO MANGÁ

Estou eu dançando e um palhaço me aborda. Começamos aquele papinho básico "Qual seu nome?", "Você vem sempre aqui?" quando ele dispara: "Você é oriental?" Gargalhei. "Sou, sim, neném, linda, loura e japonesa." Ele não entendeu e ficou me olhando com cara de pastel. Mandei circular.
Deu sorte o palhaço, ando generosa e bem-humorada. Em outros tempos teria dito: "Oriental é a cabeça do meu pau" ou "Sou, sim. Se você for um bom menino te mostro minha xoxota invertida."
Mais tarde o bruto voltou e disse algo como:
— E aí, japinha linda, ainda sozinha?
Antes só do que mal-acompanhada. É cada maluco que me aparece.

Em tempo: Ana Paula acha que eu deveria ter dito: "Sou sim, meu olho de trás é puxadinho."

## PALHAÇO DE POCHETE

Ainda é possível ver essa cena. Eu vi. E era sábado. De sol. E o cara saiu de casa, meteu uma blusinha de alça, sovação de fora, bermudão, meia e tênis. E não se achando suficientemente ridículo, meteu uma pochete.
É. Isso mesmo. Uma pochete!!!
Primeira regra: quem vê pochete, não vê pau. Meninos, vocês deviam saber disso. Segunda regra: vestido assim, não pense que você pode olhar para mulheres com ares de galã. Pois bem. Nosso palhaço de pochete nos mandou uma cerveja. Era o dono absoluto do balcão. Lembro que quando encostei lá pra pegar uns pastéis, ele me olhou dos pés à cabeça e deu aquela coçadinha no saco. Fingi que não vi. Mas, sinceramente, fico pensando se ele acha isso de fato atraente pra qualquer coisa que respire.
Voltei para minha mesinha e passado um tempo o pobre garçom se aproximou do grupo e disse:
— Aquele moço mandou e está paga — já colocando a cerveja na minha frente. Pois a garrafa nem chegou a encostar na mesa. Quando nós olhamos, o menino-pochete se empinou todo, levou a mão à testa e fez assim... uma saudação... com um leve sorriso... piscou o olho.
Ok. Eu só conseguia olhar para a pochete, mas ainda deu para ver a piscadela de olho.
— Diz pra ele que nós agradecemos, mas nossa cerveja ainda está cheia — mandei logo.
O garçom, coitado, ficou naquele impasse. Fez que foi, não foi, mas acabou voltando.
O bruto da pochete?
Fez bico!!!
Virou de costas.
Mas depois atravessou a rua, entrou no carro, encarou e mandou lá de dentro:
— Como você se atreve a recusar a minha cerveja?
Tá boa, santa? A biba pocheteira ficou braba. Ignorei. Aí o sem-loção se mandou.
Eu mereço?


## NA BALADA...

Essa eu ouvi no almoço. Segundo me contaram, a menina estava na "balada" de Niterói. E dança pra cá, dança pra lá, remexe aqui, remexe acolá. E lá vem o palhacinho se engraçar com ela. E olha que a menina achou o carinha interessante. Rolou aquela troca de olhares, o cara se aproxima e...
— Gata, teus corno é show!

É. É isso mesmo. "Teus corno é show." É tanta poesia que eu nem sei se escrevi direito. Onde se lê corno leia "córno". Acho que dá uma dimensão melhor do que foi essa frase digna de um Chico Buarque.

Então ficou nisso. A gata em questão saiu correndo com, na minha opinião, a cantada mais original e escrota de TODOS OS TEMPOS!!!
Melhor ser surda, né? E muda também.

## MUITO GALANTES!

Uma amiga minha comentou que certa feita estava atravessando a rua e passou em frente a um caminhão. Muito galante, o palhaço caminhoneiro colocou a cara pra fora e gritou:
— Chupava esse peitinho até tirar sangue.
Que elogio, hein?
Comentei com uma amiga e, após se refazer da gargalhada, ela contou que outro dia um cara gritou pra ela:
— Isso não é uma bunda, é o paraíso.
Lembrei que eu tinha um amigo que sempre que via uma mulher bonita dizia: "Daquela ali eu chupava até os ossinhos." Mas isso era entre a gente, ele não gritava pra moça nem ia lá cutucar.

\* \* \*

Eu e minha irmã nunca nos esquecemos de uma vez em que minha mãe foi ao supermercado com uma bermuda de estampa de coqueiro, popular nos anos 1980, e encontrou o pai de uma amiguinha da minha irmã. Ele aproveitou que a esposa não estava por perto e mandou:
— Tô doido pra trepar num coqueiro.
Minha mãe ficou puta porque era amiga da mulher do cara, e minha irmã, chorando com medo de não poder mais brincar com a amiguinha.

### MINUTOS DE SABEDORIA
*"Não adianta prometer seis horas e não comer nem seis minutos!"*

# MAIS CANTADAS PALHAÇAS

Não costumo contar piadas, mas recebi essa hoje de um palhacinho leitor e morri de rir. Como a área temática das "Cantadas Palhaças" está bombando, resolvi compartilhar para alegrar uma noite chuvosa.

1. Você é o ovo que faltava na minha marmita.
2. Eu beberia o mar se você fosse o sal.
3. Não sabia que flor nascia no asfalto.
4. Estou fazendo uma campanha de doação de órgãos! Não quer doar seu coração pra mim, não?
5. Nossa, você é tão linda que não caga, lança bombom!
6. Ohhh... Essa mulher mais um saco de bolacha, eu passo um mês...
7. Você é sempre assim, ou está fantasiada de gostosa?
8. Você é a areia do meu cimento.
9. Ahhh, se eu pudesse e meu dinheiro desse!
10. Suspende as fritas... o filé já chegou!
11. Você não usa calcinha, você usa porta-joias.
12. Aê, cremosa... Vou te passar no pão e te comer todinha!!!
13. O que esse bombonzinho está fazendo fora da caixa?
14. Você não é pescoço, mas mexeu com a minha cabeça!
15. Sexo mata!!! Quero morrer feliz!
16. Vamos pra minha casa fazer as coisas que eu já falei pra todo mundo que a gente faz?
17. Você é a lua de um luau.... Quando te vejo só digo: "Uau uau!"
18. Nossa, quanta carne... e eu lá em casa comendo ovo!
19. Essa sua blusa ficaria ótima toda amassada no chão do meu quarto amanhã de manhã!
20. Se você fosse um sanduíche teu nome ia ser X-Princesa...
21. Isso é que é mulher, não aquele pé de cabra que tem lá em casa!!!

## Dicionário Ilustrado de Palhaços

**PALHAÇO DISCOVERY CHANNEL**
*Ele não puxa papos bizarros, mas procura sempre uma explicação "científica" para tudo. Algo do tipo: "Vi num documentário que os esquimós comem gordura para... blá-blá-blá." São chatos mesmo. Evite-os nos chopes pós-trabalho ou em qualquer outra situação social que envolva conversa.*

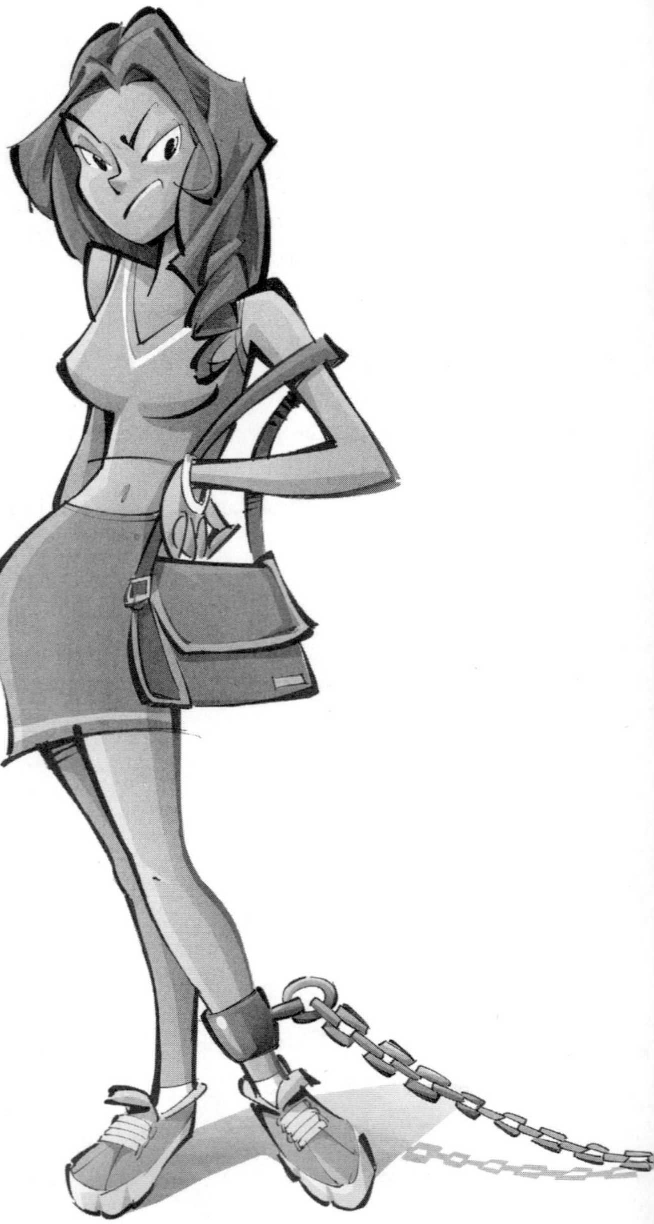

# EX, MAS SEMPRE PALHAÇO

## PALHAÇO MAGOADO

Dia desses, um conhecido foi me levar em casa e passou o trajeto todo se lamuriando de sua vida conjugal. Em passado recente, ele teve um caso que acabou em bafão. A mulher dele, ao saber que havia sido traída, deixou de falar com ele. Justo, né? Para ele, não.

Por circunstâncias práticas, resolveram continuar coabitando, porém o filho pequeno passou pro quarto dela e o infiel, pro quarto do menino. Na verdade, ele ficou porque o apartamento está no nome dela (palavras do próprio, logo, se estivesse no nome dele, acho que teria expulsado a família) e ele não tem dinheiro para se mudar agora, pois o rompimento-bafão do caso extraconjugal o deixou falido. Até aí eu já sabia, mas achei que ele ia continuar encostado no quarto do menino. Só que, nesse dia, ele estava disposto a se mudar mesmo não tendo uma moeda no bolso.

Segundo ele, não interessava ficar lá, afinal, ela não deixava que ele a tocasse! Vejam vocês que absurdo. Não cozinhava, não lavava, nem passava para ele! Pior ainda, passava os fins de semana fora! Mas que coisa, né? Que mulher vil!

Agora, vejam vocês, a ex-esposa foi generosa de não ter posto o bruto na rua com a roupa do corpo, e ele queria o quê? Achou que ia ter empregada e mulherzinha?

E ele, indignado com a situação, ainda proferiu a pérola máxima: "Estou muito magoado, Roberta. Ela não está sendo companheira." Ah, tá. E enquanto ele viajava por aí com a outra, de carro novo, gastando a poupança do casal, estava sendo companheirão, né? Companheiro de circo de todos os outros palhaços.

## EX DE PALHAÇO É CASTIGO!

Hum, me lembrei de uma palhaçada fantástica. Estava eu caminhando até o ponto de ônibus, quando passa por mim uma figura que conhecia de vista da empresa. Ofereceu uma carona e disse que eu poderia entrar sem medo, em total segurança, não correria o risco de ser estuprada. Tadinho, pensei. Quem corre o risco é você, meu filho, mas deixa rolar. Estereótipo totalmente diferente do que estava acostumada, trajava terno e gravata, mas, beleza, gosto de variedade. De cara percebi que era mauricinho, mas quem me conhece sabe que não sou de dizer que não gosto de alguma coisa antes de provar. Então, resolvi dar um crédito ao robozito e começamos a sair. O cara era realmente gente boa e viramos ótimos amigos. Bem, a gente já estava namorando, quando surge na história nada mais, nada menos, do que a EX-MULHER da figura! Bicho, que situação! Nunca pensei que uma simples carona fosse me jogar no meio de uma crise conjugal, da qual eu não pedi pra participar e nem tinha a menor vontade de me envolver. Quando o conheci, ele me garantiu que estava livre, leve e solto, já que foi a própria INFIEL, como ele a chamava, que tinha saído de casa carregando os dois rebentos. Que nada, foi só a vaca perceber que outra galinha estava ciscando no galinheiro dela pra botar as manguinhas de fora e retomar o terreno. Agora, a maior palhaçada

vem aí. Estava eu, passando a noite na casa dele, quando a DONA começa a ligar pro telefone dele insistentemente. A mulher devia ter bola de cristal, pois, cada vez que a gente estava quase lá, a bosta do telefone tocava. Já viu, né? Quebrava o clima total. Não é que, quando estava quase pegando no sono, a MULHER BARBADA toca a campainha?! Beleza, os dois foram conversar e eu fiquei no quarto, tentando dormir de novo. Depois de algumas horas, surge meu parceiro com a seguinte posição:
— Ela quer conversar com você.
— Comigo?! Você está louco! O que eu tenho a ver com isso?!
O cara era o maior bunda-mole, a mulher mandava e ele obedecia. Lá fui eu conversar com a figura, mais por curiosidade. Afinal estava usando o marido dela. Coitada, fez o maior drama, disse que estava arrependida etc. Claro que me deu a maior vontade de rir, era muito bizarro. Nunca me aconteceu de estar com um homem e de repente chegar a dona. Falei:
— Olha, não tenho nada a ver com isso, conheci o maluco quando estava sozinho etc. Não quero atrapalhar em nada, por mim, pode até pegar de volta!
Virei as costas e voltei pro quarto. Ela foi embora e a gente continuou o que estava fazendo. Bem, um tempinho depois ele voltou para a dona com o rabinho entre as pernas. Ligou pra mim no Dia dos Namorados, escondido, claro, senão apanha!


## É MOLE?

Toca o telefone.
Eu: — Alô?
Ele: — Tudo bem?
Eu (já de saco cheio): — Tuuudo...
Ele: — Sabe que dia é hoje?
Eu: — Quarta?
Ele: — Sem graça... Hoje é dia do nosso aniversário...
Eu: — Nosso?!?!
Ele: — É... Quantos anos?
Eu: — Seriam dois, mas...
Ele: — Tem programa pra hoje?
Eu: — Não.
Ele: — Vamos sair pra comemorar?
Eu: — A gente terminou há quase seis meses, lembra?
Ele: — Lembro. E daí?
Eu: — E daí que eu não quero comemorar nada com você.
Ele: — Tem certeza?

A) A maluca sou eu.
B) Ele é maluco.
C) O mundo é estranho.
D) Eu joguei pedra na cruz.

# Dicionário Ilustrado de Palhaços

**PALHAÇO ERA DE AQUÁRIO**
*Diante de uma conjunção astral desfavorável, ele enxerga o óbvio: "Sou muito velho para você." Sim, você SEMPRE foi mais velho. "Temos que viajar mais!!!" Sim, você nunca tira férias. Ou: "Para tudo: precisamos mudar de vida." Ok, eu até já mudei de emprego. O Ministério da Palhaçada adverte: crises assim terminam em divórcio.*

## EX-MARIDO PALHAÇO (EXISTE ALGUM QUE NÃO SEJA?)

Esse se supera. O ex-marido de uma amiga minha ligava pra ela reclamando da nova namorada (com quem ele a traía enquanto casados!).

Não é que um dia ele liga dizendo que vai pegar as crianças no dia seguinte (obrigação dele) e ainda tem a cara de pau de pedir um dinheiro pra passear com os filhos?

Ela ainda me contou que no Natal do ano passado ele ligou pedindo pra levar as crianças à casa da mãe dele. Seria uma ceia circense: as crianças, o papai palhação, a jovem mulher barbada e a sogra. A otária provedora, minha amiga, não tem família no Rio e ia ficar sozinha para eles brincarem de família feliz? Claro que não, era capaz de ele pedir uma grana pra comprar um panetone.

## PALHAÇO PROCRIADOR

Estou eu na pista, meio bêbada, resolvo dar uma rosetada pra ver no que dá. Vejo um ex-quase-futuro-palhaço e vou falar com o malandro.
— Roberta, Roberta, Roberta...
— Ué? Lembra o meu nome?
— Nunca esqueceria. Sou um amante à moda antiga. Você que é uma mulher cafajeste: me comeu e me abandonou.

Eu, bêbada como estava, disse que não era bem assim e numa gesticulada enfiei o dedo no uísque do bruto. Merecido.

Pelo que me lembro, foi ele que marcou um cinema comigo e sumiu. Parou de me ligar porque resolveu tentar reatar um namoro falido. Tomou fora de novo. Bem feito. Ok...

Não contente, o bruto ainda mandou outra pérola:
— Mas agora estou querendo ser pai.
— Que onda errada!
— Meu pai me teve com 23, estou com 30, estou perdendo tempo. As mulheres ficam lindas grávidas, e nossos filhos seriam lindos. Muito latino-americanos.
— Claro que seriam! Eu sou linda!
Eu, hein. Fiz que ia falar com umas amigas e vazei!
Comentário pertinente de uma amiga:
— Mas ele queria fazer um filho ali?

## PENSA RÁPIDO

Às vezes os palhaços soltam algumas que nos deixam sem ação. Sabe, assim, quando você fica sem resposta? Foi o que aconteceu com uma amiga outro dia. Com um neném de dois meses e recém-separada, ela contava pra mim e pra uma outra conhecida o que seu ex-marido disse ao tomar conhecimento do valor da pensão que terá que pagar com o divórcio:
— Puxa, teria sido mais barato comprar um cachorro!
Ela ficou um pouco atônita com o comentário. Mesmo eles sendo amigos e tendo uma relação supercordial, ela não conseguiu digerir muito bem a maledicência da comparação. O mesmo não teria acontecido com a outra amiga que participava da conversa. Quando você ouve uma coisa que desagrada, mas não consegue devolver à altura, a coisa fica meio entalada na garganta. Já se você é dona de um pensamento rápido e rebate o insulto com sagacidade, o sapo vira milk-shake. Indignada, ela se colocou no lugar da amiga vitimada:
— Ah, mas você devia ter dito que em vez de um cachorro ele comprou uma cadela, e que infelizmente ela deu cria!
Achei a resposta perfeita! Pena que minha amiga já tinha perdido o *timing* pra sair com essa. Dá até vontade de ligar pro palhaço pra dizer: "Olha, aquilo que você me disse ontem, a resposta é essa!"

## PALHAÇO SILICONADO

Mais uma confirmação de que o circo não tem preconceito com idade e os espetáculos não variam muito conforme a faixa etária do palhaço. Apreciadora confessa de homens maduros, ela, que está chegando aos 40, namorou por bastante tempo um malandro já passado dos 50.
Dia desses houve a festa de aniversário de um amigo em comum. Ela não sabia se poderia ir, pois tinha feito uma cirurgia, havia retirado um nódulo do seio esquerdo. Nada grave,

mas sempre tem que respeitar o pós-operatório. Está ela em casa, convalescente, e toca o telefone. Era o ex querendo saber se ela iria à festa.

— Acho que não, pois fiz uma cirurgia, operei o seio.

— Botou silicone!!!

— Não, tirei um caroço.

— Ué, por que você não aproveitou pra colocar silicone?

Alguém merece ouvir isso do ex-namorado? Não, né? Mas ele mereceu a resposta que levou na lata.

— Até falei disso com o médico, mas ele riu, disse que de maneira alguma eu precisava de silicone, que estava ótima do jeito que Deus me fez.

## PALHAÇO COELHO DARK

Minha amiga namorou por um bom tempo um palhaço *poser*. O bruto gostava de fazer pinta de muito depressivo/suicida/bizarro/nem-te-ligo. Como o mundo é estranho, a moça tem o hábito de consumir esse tipo de mercadoria deteriorada, fazer o quê? Andou de mãos dadas com o tipo e ainda se aboletava na casa dele.

Quando ela cansou do espetáculo fora de moda, foi embora quase com a roupa do corpo e deixou as tralhas na casa do palhaço. Espetáculo sem audiência, mas mesmo assim o palhaço travesti de morcego ficou putinho e deu pitizinho. A moça pedia pro bruto mandar as coisas dela, mas ele, nada. Podia deixar na portaria, enviar pelo correio, deixar com algum amigo em comum. Ele não respondia e fazia beicinho. Ela se encheu e foi buscar. O bruto tascou tudo dentro de uma sacola e entregou na porta do apartamento mesmo. Detalhe: tudo, até frascos de xampu com menos da metade. Palhaçada, mas, pior ainda, botou junto uma foto de quando ele era criança, fantasiado de coelhinho!

Acontece que ela adorava a foto. Ele, num arroubo de dor-de-corno-de-palhaço-despedido-do-circo disse que não suportaria mais olhar para a foto, pois se lembraria da ingrata. Drama mexicano. Espetáculo cafona.

Passado um tempo, o bruto mudou de ideia e pediu a foto de volta (na verdade, palhaço frouxo, pediu para um companheiro de atividade circense e amigo em comum falar com ela). Ela, Dona do Circo escolada nem deu bola:

— Acho hilário ter uma foto daquele brutamontes de preto metido em uma felpuda indumentária de coelho. Quem sabe eu posso chantageá-lo um dia?

Ela me contou que o palhaço resmungão ainda ficou uns dois anos reclamando que ela não devolvia as "coisas" dele e ela respondendo:

— Pode ir lá em casa pegar, uai. Eu não fui à sua pegar as minhas coisas? Por que você não pode ir lá pegar as suas?

Obviamente ele nunca apareceu, mas não fez muita diferença: ela herdou apenas uma camisa rasgada, dois livros ensebados e a foto de coelhinho supracitada.

## E JÁ QUE O ASSUNTO É FIM DE RELACIONAMENTO...

Lembrei uma separação minha. Tinha sido civilizada até onde um fim de relacionamento pode ser. Não morávamos juntos, mas namoramos por muito tempo. Aí sabe como é... Eu tinha umas tralhas na casa dele, volta e meia me aboletava lá no fim de semana, daí tinha deixado umas mudinhas de roupa, uns livros, uns CDs, essas coisas. Quando fui casada e resolvi me separar peguei só minhas roupas e livros e fui embora, já era ruim demais, já doía demais para ainda ficar "a geladeira é minha, a lavadora é sua". Fodam-se a geladeira e a lavadora, assim como todo o resto. Então, como tenho bom-senso, no fim de um namoro não fiquei pentelhando pra buscar minhas coisas. Depois de passado um tempo, como nos falamos de vez em quando por e-mail, civilizadamente pedi pra combinar de pegar.
— Se você quiser eu coloco tudo numa caixa e mando entregar na sua casa sem problema.
Não, obrigada, né? Eu iria buscar num momento em que ele não estivesse, mas não precisava colocar uma caixa no banco de um táxi e mandar entregar na minha casa, porra. Como não conseguíamos combinar um horário, acabamos chegando a um consenso. Ele juntou tudo numa caixa, deixou na portaria e minha irmã passou lá de carro pra pegar.
Quando chego do trabalho tem uma caixa enorme e pesada no chão. Estranhei, pois não me lembrava de ter deixado tanta coisa assim lá. Fui olhar. O palhaço tinha mandado alguns presentes que dei pra ele, mas não todos. Donde se conclui que o que ele tinha gostado ficou, o que tinha fingido que tinha gostado mandou de volta. Desnecessário, podia ter jogado no lixo. Ok, fim de relacionamento, a gente fica magoado e faz umas má-criações, ok. Feio, mas ok.

# Dicionário Ilustrado de Palhaços

**PALHAÇO "EU QUERO SER PALHAÇO"**
*É aquele que pede para ser citado no HTP, que força palhaçadas porque quer ser reconhecido como tal. Quer ser palhaço sem esforço, sabe?*

Continuo conferindo o conteúdo da caixa. Revistas velhas! O cara me despachou revistas que algum dia comprei e li na casa dele. Porra, livro tudo bem, mas revista velha? Por que não jogou no lixo, porra? Eu nem me lembrava dessas revistas.

Mas sempre pode piorar: eu tinha assinatura de uma revista de que ele também gostava. Certa ocasião a editora fez uma promoção e pediu para eu indicar alguém pra receber a revista por três meses. Indiquei o palhaço, é claro. Não é que ele mandou os três números da revista também? Porra, esses eu tinha recebido em casa!

Vou revirando a caixa, e a raiva vai aumentando. Um frasco de protetor solar que eu comprei para ele ir à praia comigo. Ok, ele nunca gostou de praia, ia pra me fazer companhia, porque eu gostava e pedia que ele fosse, mas precisava devolver a porra do protetor solar? Grosso.

Aí achei a cereja do bolo: entre outros frascos semivazios, dois com uns dois dedos de produto dentro de cada. CARALHO, não acredito que ele mandou resto de xampu e condicionador de volta! Com essa ele bateu recorde de palhaçada! Quis dizer o quê? Que eu sou mesquinha pra querer xampu barato de volta?

Ódio! Não aguentei e liguei.

— Pra que você me mandou resto de sabonete líquido, xampu, condicionador? Usasse ou jogasse fora, oras.

— Ah, era seu, devolvi.

— Pra que guardou por esse tempo todo? Devia ter jogado fora!!!

— Eu não, você podia querer de volta.

Detalhe, contei para uma amiga que já namorou um amigo dele. Ela me contou que o outro fez a mesma coisa com ela quando se separaram. Tudo palhaço!

## MINUTOS DE SABEDORIA

*"Tem sempre aquele palhaço que adora ser palhaço. Enche o peito, coloca o nariz vermelho e sai por aí gritando para todo mundo que é palhaço, que come mesmo e não liga, que é escroto mas come todo mundo e blá-blá-blá."*

## PALHAÇO SURPRESA

Hoje, não mais que de repente, pipoca no meu celular a seguinte mensagem: "Só pra lembrar que quando você quiser um homem de verdade, pode me ligar. Beijos." Vocês estão pensando o quê? Que foi uma mensagem errada, alguém que queria falar com outro alguém e parou em mim?
Pensaram errado!
A mensagem veio de um palhaço, digo p-a-l-h-a-ç-o, que passou pela minha vida e que, ó surpresa, continua palhaço. Porque levou um pé na bunda e não aprendeu. Porque tinha aquele papinho chato de "meu casamento é chato e o cacete" e entrou numas de querer mandar, de querer bancar o namorado em vez de curtir. E agora, do nada, me vem com essa.
Do nada até que não.
Vivo esbarrando com o bruto por Ipanema.
Certa feita ele me perguntou se eu estava saindo com alguém. Diante da minha negativa ele disse que estava à disposição para um revival.
Quase perguntei se ele estava cobrando por hora ou diária.
E de onde ele tirou essa "gustusura" toda de ficar achando que figurinha repetida vai fazer meu álbum feliz?
Comeu, está comido.
Quem faz revival é a sessão da tarde ou DJ de festa anos 1980.

## AMIGO PALHAÇO E PALHAÇO AMIGO

Português não é como matemática. Para a última flor do Lácio a máxima "a ordem dos fatores não altera o produto" não vale. Amigo Palhaço é bem diferente de Palhaço Amigo.
Amigo Palhaço é aquele amigo ou colega mais chegado que, já que pertence ao gênero masculino, é palhaço por definição e excelência. Ele conta seus pequenos (ou grandes) espetáculos, e você, depois do esporro de praxe, perdoa, porque afinal o artista é seu amigo de fé, irmão camarada.
Já o Palhaço Amigo é aquele palhaço que teve seus quinze minutos de fama no centro do picadeiro, deu seu show e quando tinha que passar na gerência só pra pegar o cachê e ir embora, quis ficar de papo, saber das novidades, tomar mais uma. O Palhaço Amigo é aquele palhaço que "garra amizade" com você depois de sacanear. *Tomá no cu, né, mermão?* Vai querer ser amiguinho depois de me dar uma volta? Ah, não! Tinha que ter sido amigo ou pelo menos ter consideração comigo enquanto estávamos saindo, ora pois.

# Dicionário Ilustrado de Palhaços

**PALHAÇO "FAZ VERGONHA"**
*Corra dele. Esse adora fazer cena em público. Quer trepar no carro quando a rua está cheia, arruma briga sempre com alguém mais forte, beija seus pés no meio da boate, faz piada sem graça em mesa de bar. É um horror, um constrangimento ambulante. Suas amigas e amigos adoram rir dele e sempre ficam esperando o próximo mico. Não é aconselhável. Relacionamentos com esse tipo de palhaço envelhecem.*

## PALHAÇO GLAMOUR

Era aniversário da minha mãe e eu estava jantando com a minha família. Toca meu celular.
— Oi, gostosa.
Sem titubear, respondo "é engano" e desligo. Toca de novo. Acabei atendendo (não me pergunte por quê, mas eu sempre atendo).
— Porra, não me conhece mais não?
— Não reconheci sua voz.
— Então, tô aqui perto da sua casa tomando uma cerveja sozinho e precisando de companhia. Pensei que seria perfeito a gente tomar uma cerveja. Tudo a ver.
— Hoje é aniversário da minha mãe, tô jantando com ela. Não dá.
— Pô, aniversário da mammy, que glamour... Diz que mandei um beijo pra ela.
Ok, não entendi essa, mas tudo bem...
— Então, quer dizer que tô precisando de companhia e não vai ser você...
— Não, não vai.
— Mas tem umas mulheres ali na outra mesa dando em cima de mim. Tô sendo assediado...
— Então, ótimo, fica com elas e tá tudo resolvido.
— Se eu tivesse bem na fita assim não tava te ligando, né?
Será que ele não percebeu que se esculachou e me esculachou em uma única frase? Bom, eu não ia explicar.
— Você é muito gentil.
— Então, e amanhã?
— Não dá, vou viajar pra São Paulo e tenho muita coisa pra fazer.
— Vai a trabalho?
— Não, a um casamento.
— Caralho, casamento em São Paulo? Puro glamour!
Porra, que fixação em glamour! A vida dele deve andar uma merda mesmo.
— É, sei lá. Mas, então, vai dar atenção às moças que te assediam, senão elas podem ir embora. A gente se vê por aí — desliguei.

Bom, lá em casa isso é um toco. Acho que pra qualquer um isso é um toco. Mas parece que na casa dele, não. Minha irmã perguntou quem era, pela minha cara de irritação. Mal comecei a explicar, e o celular tocou de novo. Era o bruto. Não atendi. Tocou de novo. E de novo. Tocou cinco vezes. Sim, dileta audiência, cinco vezes! Desliguei o celular. Quando liguei de novo, em casa, chegou a mensagem de que eu havia recebido ligações daquele número. Seis ligações. Fiquei até com um pouco de remorso: será que ele quebrou a perna e precisa da minha ajuda? No caminho pra casa ainda tive que aturar a zoação da minha irmã perguntando onde conheço esses tipos. No circo, maninha, no circo.

Nota: Em passado recente, o bruto figurou como artista principal da minha companhia circense, mas não soube lidar com o sucesso e achou que era estrela demais. A carreira foi breve e o contrato foi rescindido sem estardalhaço. Mas parece que o cara não entendeu ainda que a empresa não recontrata prestadores de serviço dispensados por justa causa, principalmente há tão pouco tempo.

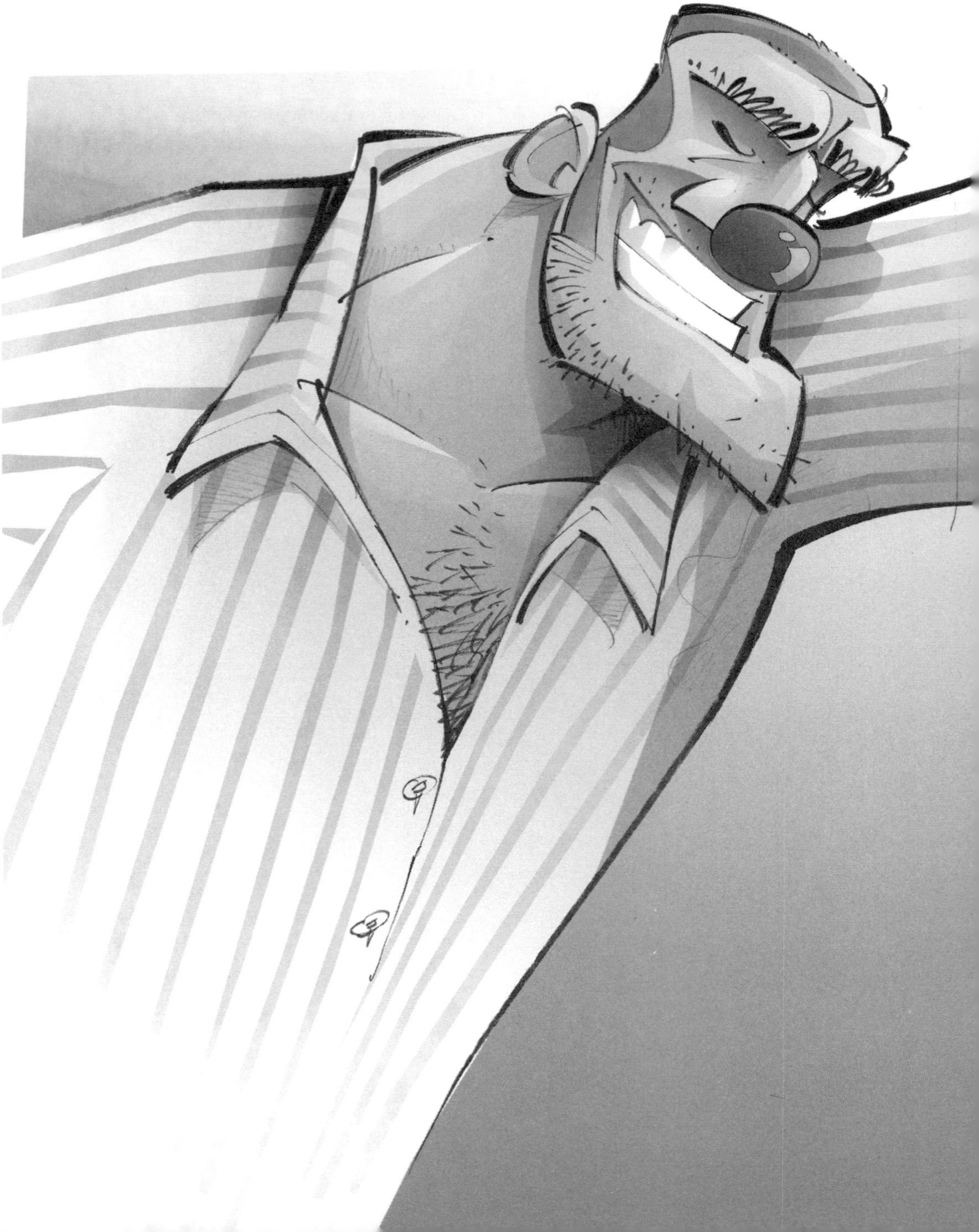

# BRUTOS, BIZARROS E SEM-LOÇÃO

## DUAS COISAS

Vamos chamá-los de casal M. e E. Namoram há quatro anos. Ele tem 24 e ela, 28. Num dia de muitas questões filosóficas, M. vira-se para ela e diz:
— Acho que precisamos terminar. Antigamente, quando eu olhava as mulheres, assim, antes de namorar com você, eu olhava as mulheres e não sentia nada. Hoje em dia eu olho e fico pensando nas coisas que elas podiam fazer comigo... Como elas podiam me beijar, me abraçar, me tocar...
Ela responde impávida:
— Duas coisas, filho. A primeira: eu não sou sua irmã pra você ficar me contando esse tipo de coisa. A segunda: eu SEMPRE senti isso pelos outros homens... Para de show!
É palhaço ou não é?

## PALHAÇO INTERMUNICIPAL

O malandro até que era bonitinho e gostosinho. Divertido e inteligente. Parecia um bom achado. Dançamos e beijamos bastante a noite toda. Já quase de manhã saímos da boate.
O bruto vai dirigindo. Achei que estávamos indo pro motelzinho. O bruto pergunta:
— Pra onde estamos indo?
— Moro na rua tal.
Ok, ele para na porta do prédio. Ficamos de beijos e amassos e tal.
— Se eu morasse aqui perto a gente resolvia isso agora mesmo.
— Você mora onde?
— Niterói.
— Ah. Mora com quem?
— Sozinho!
— Aaah!!! Então nem é tão longe! Vamos pra sua casa.
— Tô muito cansado.
É isso mesmo? Então a galera de Niterói não fode? O palhaço queria me comer, mas só se fosse mais perto? Ele nunca ouviu falar em motel?
Depois do "tô muito cansado", eu que não ia sugerir mais nada. Falei: "Então tá." Dei meu telefone e subi muito puta.

MINUTOS DE SABEDORIA
*"Quem vê pochete, não vê pau."*

## O PRESENTE DE ANIVERSÁRIO

Não citarei nomes. O aniversário era dela. O casal está junto há três anos. Deitados na cama, conversam. O relógio bate meia-noite. Ele faz clima de suspense, levanta-se e vai buscar o presente. Ela fica feliz. Pensa: "Que meigo..."

Chega o bruto com o embrulho. Um pacotinho bem caído...

Ela fecha o sorriso. Boa coisa não pode ser. E para quem pensa que rolou aquele papo de "tô duro e isso é apenas uma lembrancinha", a trolha foi a seco.

Ela abre. De dentro do pacote sai uma camisola de algodão, muito chinfrim (e eu vi a dita-cuja), vagabundinha mesmo. Atenção pro detalhe da estampa de cisnes, que se beijam formando corações.

Ela ri sem graça. Ele pergunta se ela gostou. Eu preferia ficar sem presente. Ela também.


## PALHAÇO GOOGLE

— Eu sempre soube. Desde a época em que a gente ficou.

— Mas como você soube?

— Quando cheguei em casa dei uma busca pelo seu nome. O primeiro link que apareceu era seu *blog*. Eu ia pra casa dormir e acordava pra ler o que você tinha escrito de mim.

— Caraca! E como você nunca falou nada?

— Tava esperando você perguntar! Como eu esperei por esse dia! O Fulano também lia! Você foi assunto de muitos almoços de domingo. Às vezes ele me ligava e perguntava: "Já leu o que ela escreveu de você hoje?"

— Putz! Que vergonha! Caraca! Não sei onde enfiar a cara.

— Ah! Esquenta não. Eu fui babaca mesmo com você.

— Bom, pelo menos não é a primeira vez, já acostumei com a vergonha. E o que você achou do *blog*?

— É divertido!

Pois é, amigos, que tipo de pessoa, ou melhor, de palhaço, beija você na boca e quando chega em casa dá uma busca pelo seu nome na internet?

Ele descobre que é personagem do meu *blog* pessoal e do *HTP*, onde digo que ele tem preguiça de me comer. Exibido que é, o que o brutinho faz? Trata de reverter a situação pra ler possíveis posts favoráveis/elogiosos no *blog*? Nãããão! Ele continua negando fogo, fugindo de mim ou seja lá qual for a doença da qual a criança sofre e ainda conta pros amigos. Ele gosta mesmo é de reunir os amiguinhos pra ficar rindo: "Ha ha ha! Putz, olha lá! Ela disse que não dou no couro!"

Como eu sempre digo: o mundo é muito estranho, mas pelo menos ele gostou do *blog* e ganhei mais dois leitores!

# Dicionário Ilustrado de Palhaços

**PALHAÇO FLANELINHA**
*Em vez de transar contigo decentemente, da forma que se faz há dois mil anos, fica repetindo: "Faz isso, faz aquilo, põe a perna aqui, põe o braço aqui..." Requer paciência e às vezes elasticidade.*

## PALHAÇOS DESMEMORIADOS

Uma coisa que me aborrece especialmente, e imagino que a qualquer mulher, é homem que esquece nosso nome. Lembrei que em passado recente fui vítima disso quatro vezes, com quatro palhaços diferentes, é claro, porque um vacilo desses não se dá chance de ser cometido novamente.

## QUANDO SINCERIDADE É PALHAÇADA

Mesmo quando não tem a intenção de ser palhaço (mas de ser sincero), o homem vai pro centro do picadeiro.
Perguntei ao ex-quase-futuro palhaço qual o tipo de mulher de que ele gosta. Claro que sendo eu baixa, bem-fornida, branca, olhos castanhos e cabelos negros de tamanho médio, esperava que o bruto me descrevesse como seu ideal de beleza.
Qual não foi minha surpresa ao receber como resposta:
— Alta, por volta de 1,70 m, morena, cabelos lisos e olhos verdes.
Caralho! Na hora, bufei de ódio e quase falei:
— Porra, tu gosta de um travesti! Mulher alta parece traveco!

Calma, amiga de 1,70 m! Na verdade, eu só acho isso quando estou tomada pela raiva de ser preterida.
Ainda que eu fosse obesa mórbida, com cabelo sarará, nariz adunco, dentes tortos, vesga (eu realmente sou!) e manca, ele deveria dizer que seu "sonho de consumo" é uma mulher como eu!
Sinceridade tem limite!

## PALHAÇO POLÍTICO

Esta é provavelmente a categoria com mais palhaços cadastrados. São aqueles rapazinhos que prometem, prometem, mas não cumprem. Encontrei o meu palhacinho na noite. Em nome dos velhos tempos, ficamos. O bruto estava empolgado:
— Vou te comer assim, vou te comer assado...

Pelo que ele falava, eu teria uma noite de sexo e luxúria inesquecível. Digna de entrar para as dez mais.
Como não sou de perder tempo, falei:
— Só se for agora!
Mas o malandro rateou, dizendo que estava com a irmã, que tinha que deixá-la em casa e tal... Não, a irmã dele não tem 5 anos, tem 21 e estava em companhia de um amigo que poderia muito bem deixá-la em casa. É, amigos do esporte, o malandro amarelou.
Às cinco da matina, ele pergunta se eu não queria ir embora com ele. Àquela hora eu não queria mais. Ele ia chegar ao motel cansado, dar uma e dormir. Tô fora! Marcamos de ir no dia seguinte. E não é que fomos mesmo??? Fiquei surpresa!
Mas se o bruto me surpreendeu positivamente saindo comigo no dia combinado, por outro lado, me decepcionou no quesito "foda memorável". Ele até me comeu "assim", mas não comeu "assado". Isso não é coisa que se faça! Fiquei na saudade.
Para afirmar sua inserção na categoria palhaço político, ele ainda me prometeu, quando me deixou em casa:
— Vou te ligar durante a semana pra gente aproveitar esse desconto.
O palhaço havia ganhado uns cupons de desconto em um motel novo e me convidou para gastá-lo. Onde já se viu chamar uma mulher pro motel só porque tem desconto?! Mas, pra piorar... Jacaré ligou? Nem ele...

## PALHAÇO CHEF: AQUELE QUE TE COZINHA E NÃO TE COME...

Telefone toca. Número desconhecido. Atendo desconfiada.
— Alô?
— Oooooii...
Roda o HD, Narinha. Essa voz... essa voz... essa voz... Ih, já sei. Palhaço amigo, recém-divorciado, pai de filho pequeno. Diagnóstico: carência.
— Oi! Tudo bem?
— Tudo. Quando "almoçamos"? (nessa hora ele fazia um tom de voz hilário) Sabe que você é paixão antiga...
Putz... vai cantar Tim Maia, agora?
— Fico honrada. "Almoçamos" quando você me convidar. Será um prazer.
— Ô... Certamente será um prazer. E precisa de convite?
— É sempre bom, né?
Ouço outro celular ao longe.
— Te ligo já!
Pano rápido: eu e ele tivemos um pequeno *affair* nunca — eu disse NUNCA — consumado e "almoço" era uma senha que — pelo menos na teoria — significava sexo tórrido e furtivo.

Te ligo já, certo?
E passou um dia. Passaram-se dois dias. E lá se foram três dias. E agora dez dias. E mais cinco que dão 15. Opa! Mais 20, que dão 35!
Toca o telefone.
— Alô?
— Ooooooii...
Ai, cacete, não acredito.
— Oi.
— E aí, nosso "almoço"?
Suspiro.
— Ué, já te disse: quando você quiser.
— Você anda muito ocupada!
— É. Não tenho ex-marido rico pra me sustentar.
— Gosto desse seu jeito.
— Pode ser amanhã?
— Não posso.
— Semana que vem?
Pausa no diálogo. Apesar de detestar o "Ooooooiiii", até que ele não era má companhia. Tinha (na verdade, tem) muito bom humor. Coisa que me encanta. Afinal, palhaço tem que fazer a gente rir. Eu também não estava fazendo nada, de bobeira... Não seria uma péssima ideia passar uma tarde de luxúria com ele. Marcamos então na semana seguinte. Como toda boa moça, fiz depilação, unhas (pé e mão), mas quando chegou a bendita semana, ele não podia; na semana seguinte, viajou; e na outra, estava muito gripado. Resumindo: remarcamos, desmarcamos e trimarcamos esse "almoço". Até que ele sumiu de vez e eu, já de saco cheio, desisti. Afinal, quem estava com fome? Daí que certo dia fui a um coquetel (não é chique ir a coquetel?) e dei de cara com quem?
— Ooooooiii...
— Oi — ele bem que podia perder esse "ooooooiii" irritante.
— Você sumiu...
— Eu?!?! Moro no mesmo lugar, com os mesmos telefones e ainda trabalho na mesma repartição.
— E nosso "almoço", hein? Só de pensar... você sabe... fico doido... Banho-maria tem limite, né?
— Olha, se você ficasse mesmo doido, já tinha dado um jeito, né?
— Não fala assim.
— Ó, toma aqui meu cartão. Quando bater a sua fominha, me liga. Porque eu, graças a Deus, almoço bem, obrigada.
Ele riu. O pior foi que ele riu.

## PALHAÇO CHICABON

Quase sempre acho que os meninos fazem palhaçadas mais por imaturidade do que por falta de caráter. Acho que muitos estão meio perdidos mesmo, não sabem lidar com as mulheres, e acabam vacilando.

O espetáculo circense que vou contar agora é um caso desses. O brutinho até tentava agradar, mas não sei se era *freak*, inseguro ou sei lá o quê. Me lembrei de contar a história dele conversando com a Narinha. Ela sempre dizia: "Filha, isso não é um homem, é um personagem de Nelson Rodrigues! Daqui a pouco ele vai te chamar pra chupar um Chicabon!" A primeira vez que ela disse isso foi quando falei que ele me chamou pra fazer um passeio na Floresta da Tijuca. Ninguém que me conheça vai me chamar para um passeio desses, todos os meus amigos sabem que detesto mato.

Narinha quase se mijou quando contei.

Pois é. Ele era atencioso, educadinho e tal, mas era meio malinha, meio esquisitão. Eu estava numa de ver no que dava, mas não estava me empolgando. Claro que ele sabia que eu adoro praia. Ele não gostava e exibia uma tez branca imaculada. Ok, sempre gostei de homens branquinhos, desde que me deixem ir à praia em paz. Tínhamos saído na noite anterior e já não tinha sido nenhuma Brastemp: fomos jantar e depois emendamos numa festa. Ele tinha me deixado em casa bem tarde. Aí, toca meu celular num horário que eu obviamente ainda estaria dormindo. Era ele. Primeira palhaçada: me ligar cedo.

— Oi, te acordei? Desculpa. Ligo depois — ele estava sempre pedindo desculpas, isso me irritava.

— Acordou, mas tudo bem. Fala.

— Depois eu ligo.

— Não, fala logo. Agora já acordei.

— Está um dia lindo e eu queria te ver. Vamos sair?

— Eu ia à praia.

— Pensei que a gente podia almoçar juntos e ir ao cinema depois. É que quase não tenho tempo de te ver...

Tudo bem, eu queria mesmo era ir à praia, mas ok... Por que não tentar, né? Combinei com ele para me pegar e ir-

## Dicionário Ilustrado de Palhaços

**PALHAÇO GLENN CLOSE**
*Tipo perigoso. Depois que você termina com ele, o bruto transforma sua vida num inferno. Faz ameaças, liga pra sua casa de cinco em cinco minutos, faz escândalo na porta do seu trabalho, ameaça a família. Dá medo.*

mos para o nosso programinha vespertino. Almoço e cinema. Parecia que nem ia doer. Parecia. Quando entro no carro, o mancebo estava com uma bermuda (horrível) cáqui e uma camisa polo (horror!) bege com listras verdes. A combinação em si já era bizarra, e, se considerarmos o tom amarelado da pele dele (como dizia minha madrinha, cor de peido engarrafado), ficava escroto. Mas se vocês vissem o estado da camisa, com aquela barra da manga toda arregaçada, vocês concordariam comigo que estava grotesco. Tudo bem, após o choque inicial entoei mentalmente o mantra "Roberta, larga de ser cricri" e tentei abstrair.

E o palhacinho, aonde ele escolheu ir? Ao cinema de um shopping em Botafogo. Um que está sempre abarrotado de adolescentes barulhentos. Num domingo então... delícia. Nem lembro o que comemos, mas até aí tudo bem, o negócio foi quando escolhemos o filme. Ele quis ver uma daquelas comédias americanas totalmente idiotas.

— Você é muito séria. A vida já é séria, tem que aprender a relaxar.

Ok, eu estava numa tarde benevolente e aceitei. Mas o pior ainda estava por vir... Compramos os ingressos, entramos e fomos comprar pipoca. Eu disse que queria apenas uma Coca light, ele comprou um balde de refrigerante e outro de pipoca. Como faltava ainda algum tempo para o filme ficamos conversando no balcão. Distraída e naturalmente, peguei um, apenas um grão de pipoca e botei na boca.

— A pipoca eu comprei pra comer dentro do cinema.

Como assim o cara reclama porque eu comi *uma* pipoquinha dele? Enfie o balde inteiro no rabo, meu nego!

Não falei nada. Apenas olhei pra ele com cara de "m-o-r-r-a"! Ele sacou o nonsense da grosseria que tinha feito, fez cara de "ai, meu Deus!", pegou uma mão cheia de pipoca e enfiou na boca de uma vez só. Virou de lado e não disse nada. Nem preciso acrescentar que foi a última vez que saí com ele, né?

Eu devia ter desconfiado, eu devia ter sacado tudo na noite anterior. Ele me chamou para jantar e ir a uma festa em Santa Teresa depois. Programão, né? Pior ainda, adivinhem? Ele escolheu a filial de um famoso restaurante da Barra da Tijuca, recém-inaugurado em um shopping de Botafogo. Tá, tudo bem, afinal só esperamos mais de uma hora pela mesa mesmo, né? E daí?

Daí que ele pede aqueles pedaços de frango com molho. Prato adequadíssimo pra quando você sai pela primeira vez com alguém que não conhece direito, né? Come-se o frango com as mãos e fica-se com os dedos e a boca engordurados. Um charme. Enquanto conversávamos comentei que adorava meus amigos, que eram uma das coisas mais importantes da minha vida, e perguntei pelos amigos dele. Ele fez uma cara de criança que foi pega quebrando algo e disse: "Eu não tenho amigos, mas não sou esquisito", enfiando, em seguida, um pedação de frango na boca. Claro, claro que ele não era esquisito, assim como eu sou uma empada com azeitona e tudo!

Para coroar a noite tão agradável, a festa naquela aprazível localidade estava cheia pra caralho e a cerveja, quente. Nossa, mas esse rapaz só me traz boas recordações!

## QUEM MANDOU PEDIR?

Quando eu tinha uns 17, 18 anos, namorava um palhaço da pior categoria, um imbecil mesmo, só que obviamente na época eu não sabia disso e tivemos um relacionamento de uns dois anos.

Ele frequentava minha casa e sempre que estava lá minha mãe vinha toda simpática e dizia: "Roberta, o rapaz tá aí há um tempão, deve estar com fome. Quer um lanche, meu filho? Quer um refrigerante? Água? Um queijo-quente? Uma fruta?" Aquela coisa de mãe.

Toda vez ele recusava tudo, mas assim que ela virava as costas e saía do quarto ele me dizia: "Aí, diz pra tua mãe fritar um bife pra mim", e ficava rindo, como se isso fosse muito engraçado. Eu não gostava, mas foda-se. Eu me limitava a fazer cara de deboche e dizer: "Ha ha ha, tão engraçado você." (Eu ainda não sabia que ele era palhaço mesmo.)

Até que um dia... s-e-n-s-a-c-i-o-n-a-l! Minha mãe, que é muuuuito mais debochada que eu (quando era pequena ela me levava à missa para rirmos da roupa das pessoas), ouviu. Estamos lá conversando e namorando, e ela entra no quarto com um prato de bife acebolado, um garfo e uma faca: "Aqui teu bife. Você não queria bife, meu filho?"

Nem preciso dizer a cara que ele ficou. Passado era o bife, que ele teve que comer todinho, pois ela sentou na nossa frente e não saiu de lá enquanto ele não acabasse. Nunca mais ele fez gracinhas com mamãe.

## PALHAÇO PESCADOR

O palhaço disse que naquele fim de semana ia pescar. Na segunda-feira, a dona do picadeiro pergunta:
— Pescou muito no fim de semana?
— Pesquei... piranha.
E eu pergunto agora: há necessidade de tamanha grosseria?

## PALHAÇO CRISE DOS 40

A empresária circense conheceu um homem bastante interessante, digamos assim. Ambos jornalistas, amigos em comum, educado, inteligente, culto, viajado, divertido, atraente, pouco mais velho que ela, solteiro (embora recém-separado do segundo casamento). Riram, conversaram, contaram histórias, beberam bastante e, depois de uma noitada em um bar, partiram pra madrugada em um motel. Poderia ter ficado na lembrança como um encontro perfeito, um bom palhaço. Humpf, poderia.

# Dicionário Ilustrado de Palhaços

**PALHAÇO GOOGLE**
*Não satisfeito em conhecer você e conversar contigo, chega em casa disposto a vasculhar sua vida na internet. Faz buscas com seu nome, procura seu blog, levanta toda a sua vida em poucos cliques. Eu evitaria. Com o tempo pode se tornar um Palhaço Glenn Close.*

Ele morava em outro estado e voltaria no dia seguinte. Ficaram trocando e-mails, torpedos e ligações. Contavam a vida, o cotidiano, trocavam pérolas de seus respectivos empregos, relembravam a noite partilhada e fantasiavam a próxima. Estava divertidíssimo e sempre se prometiam uma segunda vez, embora, no momento, nenhum dos dois pudesse ir ao encontro do outro. Aham.

Eis que passaram os meses, mas ele era boa companhia de mensagens e a brincadeira continuou. Eis que passaram os meses e o aniversário dele se aproximou. Respeitável público, começa o espetáculo! O caboclo ia completar 40 aninhos de pura travessura e estava meio ansioso, meio mexido com o début nos -enta. Era um tal de "tô chegando na metade da minha vida", uns papos assim, sabe? Pois é, ela devia ter desconfiado que o bruto estava lelé. Numa dessas, ele sugeriu que a moça fosse visitá-lo pra comemorar a data com ele. Vejam bem, 40 anos, idade redonda, número bonito, recheada de representações, né?

Ele convidou, ela foi. Afinal, era solteira, independente e não devia satisfações da vida a ninguém. Tirou folga na repartição em plena sexta-feira e pegou o avião. Que lhe custava passar um fim de semana numa cidade diferente, bebendo, rindo, trepando e se divertindo com um homem interessante para, na segunda-feira, ir direto do aeroporto pro trabalho com uma pele ótima? De-lí-cia. Pobre Dona do Circo crédula.

Tudo combinadíssimo com semanas de antecedência, ele não estaria com os filhos de nenhum dos dois casamentos. Ela, moça escolada e descolada, não ia impor sua presença, forçar uma superexposição e se enfurnar na casa dele. Ficaria hospedada na casa de uma grande amiga residente na cidade. No entanto, avisou bem:

— Ei, olha, presta atenção, repara, num vai me deixar plantada no aeroporto ou dar defeito e sumir, hein? Minha amiga está de plantão no jornal e não vai poder me dar atenção, apenas a chave do apartamento pra eu me aboletar lá.

Ele respondeu que não era moleque nem palhaço, ora, ora, ora. Humpf...

A empresária circense chegou sexta à noite, ele foi buscá-la direto da repartição. Jantaram em um lugar agradabilíssimo e foram pra casa dele. Tomaram uma cervejota, fumaram um baseado e transaram. Não foi a mesma coisa da primeira vez, mas tudo bem, né? Tinham todo o fim de semana pra matar a saudade e retomar a sintonia. Acordaram, tomaram café, e saíram pra almoçar. Depois ele desovou a moça na casa da amiga, pra deixar a mala e tal. Supostamente, ele teria que levar a filha a uma festa ou coisa que o valha e se veriam à noite. Jacaré apareceu? Nem ele, é claro. Celular desligado ou fora de área alternando com simplesmente não atender. Desculpas e esquivas.

Apareceu rapidamente no domingo e desapareceu de novo. Segunda-feira de manhã ele apareceu pra levá-la ao aeroporto. Ela disse que não precisava, mas ele insistiu. Como sua amiga tinha que ir pro trabalho, aceitou. No carro, foi pedindo desculpas: "Perdão, perdão, me comportei como um palhaço." Altiva, ela sorriu e não fez cena, embora ele merecesse.

Num arroubo de falta de noção, o palhaço disse que não estava rolando química e que ela tinha engordado!

— Química? Química? Química de cu é rola, meu amigo. Viajei mais de mil quilômetros pra te encontrar, caguei pra química, tu tinha a obrigação de comer, nem que fizesse isso pensando na recepcionista peituda da repartição, meu filho! E até parece que eu tava obesa. Talvez estivesse um pouquinho mais fofa, mas nada broxante — brada entre gargalhadas a Dona do Circo ao lembrar a história.

Depois ele assumiu (ou mentiu) que na verdade a chamou para ir mas nunca achou que fosse. Que, em nível de recém-separado, quando a viu lá se apavorou achando que ela estava apaixonada e querendo casar.

— Casar? Casar? Amigo, você tá achando que é a última Coca-Cola do serrado? Tenho família, amigos, trabalho e estudo no Rio de Janeiro, ia largar tudo pra correr atrás de um quarentão medroso? Alôoou? E, ainda que eu quisesse casar, isso só acontece quando ambas as partes querem, né?

Pois é, e como cereja do bolo ele perguntou, via e-mail, como poderia recompensá-la.

— Peraí, tá oferecendo reembolso pela viagem malograda? Pelo dinheiro gasto na passagem? Amigo, eu me sustento, enfia o dinheiro no cu.

## PALHAÇO FOTÓGRAFO

Eu namorava um palhacinho já há algum tempo e ainda não tínhamos viajado juntos. Sempre que marcávamos acontecia alguma coisa para adiar nossos planos. Finalmente conseguimos conciliar um fim de semana.

Chegamos à pousada todos alegres e pimpões por passar nosso primeiro fim de semana inteiro juntinhos, dando beijo na boca debaixo dos cobertores.

Eu estava colocando filme na máquina. Ele, como todo palhacinho, metido a "Deixa que eu faço porque sou macho", tirou a câmera da minha mão pra terminar a tarefa. Detalhe, a máquina era minha, eu comprei o filme e as pilhas. Mas tudo bem.

Deixei o bruto se divertindo com o brinquedinho e fui ao banheiro. Estou lá sentada no trono e ele abre a porta com a máquina na mão. Olhei pra ele, fiz uma careta de "fecha logo essa porta, seu babaca" e falei: "Tão engraçadinho..." Então... Ele bateu uma foto! Sim, isso mesmo, ele tirou uma foto minha fazendo cocô. Quase não acreditei, achei que estava sonhando, ou melhor, "pesadelando" aquilo. Não podia ser verdade. Mas era porque eu tinha visto o flash.

Não tinha trancado a porta porque obviamente nunca achei que ele fosse entrar. Mas ela estava fechada. Como nunca abro portas fechadas sem bater antes, principalmente a do banheiro, acho que as outras pessoas vão agir da mesma maneira (sensata).

Muito menos jamais passou pela minha cabeça que ele pudesse pensar em tirar uma foto. Claro, nunca imaginei porque não sou palhaça retardada. Essa brincadeira idiota pode até ter seu "sentido" entre rapazes adolescentes, não acho graça, mas entendo. Agora, com uma namorada?

Não consegui terminar o que ia fazer (e ainda fiquei com prisão de ventre por vários dias), abri a porta possessa, gritando. Só não fui embora porque não tinha mais ônibus pro Rio àquela hora. Meu fim de semana estava estragado.

Já o palhaço achou minha reação exagerada, disse que não teria feito se soubesse que eu ia me aborrecer (como assim? Eu poderia gostar?) e prometeu que nunca faria de novo. Claro que não se repetiria, oras! Eu não seria idiota de dar essa oportunidade!

## PALHAÇO HIDROFÓBICO

Estava à beira da piscina, tostando as celulites ao sol, na aprazível companhia de um palhacinho bonitinho. Resolvo entrar na água e chamo o bruto, mas ele diz que não vai me acompanhar. Ok, azar o dele, que derreta: a água estava uma delícia e aproveito o mergulho. Depois, tomando uma cervejota à sombra, aviso:

— Da próxima vez, você vai entrar na piscina comigo.

— Ah, é? Por quê? Você tá mandando?

— Não, palhaço, porque gosto da sua companhia.

— Prefiro não entrar. Não fico bem na água.

— Não fica bem na água?! Por quê?

— Sou um rapaz que se preocupa com os recursos hidrominerais.

— Entendi. Então enquanto eu entro na água você vai dar meia hora de bunda!

## PALHAÇO PROVEDOR

Fui dançar no meu circo favorito, aquele cafofo sórdido de Botafogo. Estava muito cheio e subimos pra pegar um ar. Estávamos na lojinha batendo papo eu e Ana Paula. Estávamos lá comentando a guerra que foi conseguir comprar uma roupitcha nova para o réveillon, a merda que estavam os shoppings e tal. De repente chega um cara entre nós duas e fala alguma coisa que não compreendi e perguntei: "Hein?"
Palhaço: — Não querem levar nada?
Eu: — Hoje não.
Disse isso seca, porém educadamente e virei a cara. Era a senha para ele vazar, se não fosse palhaço.
Ana (com cara de deboche): — Ele é vendedor?
Palhaço: — Podem escolher, eu pago.
Constrangimento e incredulidade. Nem lembro bem o que respondi, ele ainda insistiu, apesar das nossas caras de repulsa e desprezo. Finalmente vazou.
Meu palhacinho privativo que olhava tudo enquanto folheava uma revista disse depois quando comentávamos o ocorrido que eu deveria ter dito: "Então paga aquela revista ali pro meu namorado."
A Ana Paula achou que eu devia ter dito: "Ah, tá pagando? Então paga um boquete ali pro meu namorado."
Na hora fiquei tão surpresa que apenas mandei o bruto vazar, afinal também receava que meu namorado viesse falar alguma coisa e não estava a fim de confusão (nunca estou). Mas pra ser sincera não concordo com as saídas sugeridas por ele e pela Ana. Quando algum palhaço chega em mim só aviso que estou acompanhada em último caso, quando o bruto é muito sem-loção e fica insistindo. Faço isso porque acho que os caras deveriam entender que eu dizer não é motivo suficiente pra irem embora, que não estão levando fora apenas porque estou acompanhada, mas porque eu não quero.
No final das contas concluí que deveria ter dito: "Ah, tá pagando, é? Então vem cá." Escolhido uma pulseira pra mim e outra pra Ana Paula e, depois que ele pagasse, dito: "Agora vaza, babaca."

# Dicionário Ilustrado de Palhaços

**PALHAÇO IBGE**
*É um palhaço muito comum em programas de chat. Suas três primeiras perguntas invariavelmente são: "De onde você tecla?", "Como você é?" e "Você tem foto?" Se você não as responde, ele insiste e, pior, manda fotos em poses sensuais como que te provocando a fazer o mesmo. Dá nojo.*

# PALHAÇO MALUCO

Tem uns caras que se superam: além de palhaços são malucos. Topei com um desses no sábado passado. Estava numa festa em Santa Teresa, quando começou a tocar forró, e o maluco me tirou para dançar. Eu não sei dançar junto muito bem e avisei isso ao cara, que resolveu pagar pra ver. Como sempre faço quando danço, me concentrei firmemente no dois-pra-lá-dois-pra-cá e, no fim das contas, ele acabou pisando mais no meu pé do que eu no dele. A música terminou, engatamos no tradicional "então, tá, beleza", pra se despedir, e o cara disse que ia ao banheiro. Voltou do banheiro e resolveu conversar. Bom, conversar não é bem a palavra certa. O palhaço me fez um monte de perguntas esdrúxulas, e como eu estava com 300 ml de caipirinha na cabeça, tinha ímpetos de gargalhar, que eu sufocava entornando uma garrafa de água goela abaixo.
— Você é religiosa?
— Quase católica — e pensei: "Meu Deus, por que diabos este cara quer saber isso?"
— Quase?!?! Você não vai à missa?
— Não — ele bebeu mais que eu...
— Eu sou árabe.
— Ah... — superinteressante...
— Muçulmano — disse ele, e fez alguma piadinha com Bin Laden.
— Ih, então, você é um homem-bomba! — e gargalhei.
Após alguns minutos de silêncio constrangedor e outra ida ao banheiro, o cara me avisou que tinha que procurar os amigos porque ia dar carona pra eles.
— Se você não dá carona e vai embora, eles ficam putos. Sabe como é, morador do Leblon é tudo filho da puta.
Coitadas das personagens de Manoel Carlos... Todas filhas da puta...
O cara foi procurar os amigos, e como eu estava meio bêbada nem lembrei de entoar um mantra para que ele não voltasse. Na verdade, estava até divertido e eu queria saber qual o grau de insanidade do artista. E ele voltou ao tema:
— O pessoal do Leblon é tudo filho da puta.
Isso era uma obsessão pra ele! Aí, eu já estava achando a brincadeira meio chata e falei, séria:
— Olha, eu tenho um amigo, irmão de fé, camarada mesmo, que mora no Leblon. Eu não estou gostando de você dizer que ele é filho da puta.
Mentira, óbvio. Mas o show de nonsense do artista não tinha acabado.
— Você já foi à Dinamarca?
— Nããão — já não consegui segurar o deboche e respondi como se lamentasse profundamente o fato de nunca ter ido à Dinamarca.
O palhaço maluquinho seguiu com suas pérolas da sandice:
— Você conhece Robert Altman?

— Conheço.
— Quem é ele?
— Um diretor — respondi sem acreditar que aquele papo estava mesmo acontecendo.
— Diretor de quê?
— De cinema...
— Fala o nome de um filme que ele tenha feito.
Cansei da brincadeira mais uma vez:
— Ih, acho que não vou passar na sua prova de conhecimentos gerais...
Mais gargalhada.
Enfim, o palhaço resolveu partir. "Ahhh, já vai?!?! Tão cedo..."
Uns quarenta minutos depois, quando estava pagando minha conta, o segurança me chama.
— Tem um rapaz te chamando lá fora.
— Eu? Não, não tem rapaz nenhum comigo.
— Ele está dizendo que é com você...
Quando olhei pra fora, lá estava o palhaço maluquinho dentro de um carro, me chamando. Fui até ele, e deu-se mais um diálogo insano.
— Você conhece esta música? — E ele aumentou o volume do rádio.
— Não — ele continuava testando meus conhecimentos gerais...
— Você já foi a Paris?
— Nããão... — Será que ele queria me vender algum pacote de viagem? — Olha, eu tenho que ir lá. Tchau.
Ele falou que a gente ainda se veria. Tomara que nos vejamos, sim, mas um bem longe do outro para que haja tempo de eu me esconder.

A gente ri, mas o cara não é maluco, não. Ele é prepotente e exibido. É daqueles que gostam de esbanjar conhecimento, mostrar que têm pedigree, dinheiro, influência. O problema é que é burrinho e não sabe achar um gancho na conversa para introduzir todos os detalhes da sua vida tão movimentada, viajada, elitizada. E essa de me chamar de dentro do carro? Foi ridículo! Só pra mostrar que é "motorizado". O mané ainda se fodeu porque se tem uma coisa que não me impressiona é carro. Tiro na água total.

## HOMEM É TUDO PALHAÇO MESMO

É incrível como não há amiga que não me conte alguma experiência circense. Pena que algumas têm pudores de publicar. Palhaço quer picadeiro!
Minha amiga foi ao forró em certa casa noturna do Leblon. Ela estava dançando amarradona com um gatinho quando o cara, do nada, perguntou:

# Dicionário Ilustrado de Palhaços

**PALHAÇO MÃE**
**VALÉRIA DE OXÓSSI**

*Assim como a famosa mãe de santo carioca — que promete trazer a pessoa amada em três dias —, esse palhaço promete, ô, como promete! Promete noites tórridas, sexo inesquecível, drinques luxuosos em lugares exóticos, amor e paixão. Não em três dias. Pior: promete na hora. E pior ainda: nem precisa dormir ou ir ao banheiro para não cumprir. É uma variação (horrorosa, diga-se) do Palhaço Político.*

—Você malha?

Ela, que nunca tinha entrado numa academia, não entendeu essa pergunta sem propósito.

—Não. Por quê?

E o gentleman disse:

—Nossa, sua mão é toda machucada! Cruzes!

Minha amiga ficou malzona com a "delicadeza" do rapaz. Ela tem uma alergia crônica que deixa a mão com o aspecto de descascada, sabe?

## PALHAÇO SWINGUEIRO

O palhaço convidou a namorada para uma festinha, uma reuniãozinha na casa de amigos dele. Ela aceitou. Quando chegaram lá, era para fazer swing. Sim, respeitável público, era o espetáculo da suruba, ela era coadjuvante e nem foi avisada. Moça fina, avisou ao palhaço efetivo:

—Amor, prefiro ficar sozinha com você.

Superapaixonado, ele não se fez de rogado:

—Você se importa que eu vá?

Não, Pedro Bó, não me importo não. Alôoou?!

## PALHAÇO INCESTUOSO

O palhaço foi com a namorada para o motel. Quando chegou em casa de manhã, não reparou que sua cama estava um pouco desarrumada e foi dormir. Acordou e viu no chão, ao lado da calça jeans que tinha usado na noite anterior, uma calcinha. "Oh, ela mandou sua calcinha pra mim! Que romântico!", pensou o palhaço. Excitadíssimo, ele despertou o Wando que tinha em si: cheirou a calcinha, passou-a pelo seu corpo e até se masturbou (com e por ela).

Decidiu ligar pra namorada pra agradecer o presente:

—Adorei o que você fez!

—O que eu fiz?

—A calcinha.

—Que calcinha?

—A que você me mandou.
— Eu? Eu não mandei calcinha nenhuma.

Sem conseguir convencer a namorada de que ela havia mandado sua calcinha pra ele, pegou o carro e foi até a casa dela. Ao ver a tal calcinha, a mulher quase morreu:

— VÊ LÁ SE EU VOU USAR UMA COISA DESSAS!!! TÁ MALUCO???

Inconformado, ele conta o caso para a mãe (com todos os detalhes sórdidos, inclusive). Ela, às gargalhadas, esclarece a confusão: a calcinha era da tia dele que dormiu no seu quarto e deve tê-la deixado cair quando arrumava a mala. A velha, que ainda estava na casa, ficou passada. Muito constrangida, ela queria ir embora a qualquer custo.

A mulher não terminou o namoro com ele, mas agora sofre o sério risco de ser trocada pela tia. Vai que ele se apaixona...

## PALHAÇO DE ANIVERSÁRIO, OUTRO CLÁSSICO

Casal feliz e sorridente na semana anterior ao aniversário dela.

— Vou ganhar presente?
— Claro que vai!!!
— Oba, adoro presente!

Manhã do aniversário dela. A moça acorda, e sua cara-metade palhaça já tinha levantado. Ela olha em volta procurando caixas, flores, cartões, surpresas, qualquer coisa diferente da paisagem rotineira. Nada.

— Cadê o meu presente? Pode me dar que já é meu aniversário!
— Não comprei nada, não tive tempo.
— Como assim? Você falou que eu ia ganhar presente!
— Falei que ia ganhar, mas não disse quando.

## DO PRAZER DE OUVIR A CONVERSA ALHEIA

Eu e meus amigos adoramos ouvir a conversa dos outros. Ficar caladinhos no restaurante, na praia, apenas arregalando os olhos a cada absurdo narrado. Sabe como é, sou jornalista, fofoqueira por formação.

Eis que hoje uma amiga minha chega indócil com uma história para o *HTP*. Ela estava na praia, se dedicando ao prazer descrito, e ouviu uma pérola circense. Ao lado dela sentou-se um outro grupo de moças. Uma delas, a mais falante, que minha amiga descreveu como "barraqueira", contava suas aventuras e desventuras amorosas às gargalhadas. Bom, essa é das minhas: já que aconteceu, por que não rir, né?

A moça contou que tinha saído para dançar com umas amigas e ficou com um carinha. O negócio esquentou e foram para o estacionamento, dar um amasso no carro. Quando acabaram, o cara perguntou onde ela queria que ele a deixasse.
— Bom, se você puder me levar em casa, moro na rua tal — parece que não era distante de onde eles estavam.
— Ah, claro. Só desce um instante pra eu tirar o carro de cima do meio-fio.
Bingo, né? No que ela saiu do carro e fechou a porta o cara ligou o motor, arrancou e se mandou. Palhaço? Claro. Por que ofereceu carona se não estava disposto a dar? Não é porque comeu no carro que precisa ser mal-educado. Ela? Glamourosa! Conta na praia às gargalhadas! Quando eu crescer quero ter a autoestima dessa moça.

Confesso, não tenho vergonha na cara. Minha amiga que contou a história disse que se fosse com ela teria esfregado os pulsos no asfalto pra cortar. Acho que eu choraria na hora, chegaria em casa me achando a última das mulheres, tomaria o banho do estuprado (no cantinho do box, chorando e murmurando repetidamente "a sujeira não quer sair, a sujeira não quer sair") e iria dormir chorando e com vergonha do mundo. Mas no dia seguinte, passado o efeito da cachaça e à luz do sol, ligaria pra todo mundo contando e ainda publicaria no *blog*.

## REFLEXÕES
### PRECISAVA DISSO TUDO??

— Não posso te comer, é véspera do seu aniversário, eu seria um canalha porque não quero compromisso com você.

Sim, os dois já estavam pelados na cama. Não, ninguém disse ao bruto que ela queria compromisso. Não sei quanto a vocês, mas eu achei palhaçada.

## PALHAÇO CRECIN 2000

Mais uma daquele palhaço que siliconou o cérebro e ficou mais sem noção. Na época que ainda namoravam estavam na praia com outros amigos batendo papo e tomando uma cervejinha gelada. Quando a viu prendendo o cabelo pra entrar no mar, o namorado exclamou:
— Você precisa começar a pintar o cabelo, está branco!

A moça ficou surpresa, pois ainda não havia reparado em fios brancos, embora, como toda mulher, se observe no espelho todos os dias. Talvez pelo susto da revelação inaudita dos seus supostos primeiros fios brancos, não caiu a ficha da inconveniência da divulgação pública e não solicitada.
— Cabelo branco? Não tenho não.
— Tem, sim!
— Onde?
— Aqui do lado — disse o palhaço, apontando para as têmporas da namorada — eu vi um brilho aí.

Ok, respeitável público desse bizarro circo de horrores, vamos convir, é exatamente o que se espera de um namorado, não é? Mesmo a moça tendo melenas castanho avelã, que em pleno verão tendem a exibir reflexos naturais; mesmo estando na praia, sob luz intensa que torna visível qualquer nuance na coloração dos cabelos de qualquer um; mesmo estando em público, numa roda de amigos, é... mesmo assim ele não se conteve, bradou que a namorada estava com cabelos brancos. O que ele é? PALHAÇO!
Agora, dizem as más e as boas línguas que o bruto mesmo tendo mais de 50 anos ostenta uma cabeleira negra como a asa da graúna. Ah, tá, né? E pior, garantem línguas ainda mais ferinas e sagazes: "Meu pai é muito mais bonito e enxuto que ele."

## PALHAÇOS SEM POESIA

Uma coisa que já aprendi é não mandar poesias pra palhaços. Certa vez, mandei para um meu poema favorito. É lindo, pungente, emocionante, quase uma relação sexual. Sabe a resposta que recebi? "Pô, gata, que e-mail é esse?"
De um outro recebi: "Quanta sensibilidade."
Dia desses uma grande amiga e empresária circense caiu na mesma esparrela. Sabe o que o catiço disse? "Eu sou um cara sem instrução, e você vem com esse papo..."
Pois é, anotem na agenda: "Nunca mandar poesias pra palhaços." Enviem para as amigas.

# Dicionário Ilustrado de Palhaços

**PALHAÇO MICARETA**
*Toda festa para ele é carnaval em Salvador. Não basta ficar com uma. Tem que ficar com uma, duas, três ou quatro. E pode ser em casamento, batizado, roda de samba, velório, festa de fim de ano da firma e até ceia de Natal.*

## PALHAÇADAS EM FAMÍLIA

Meu tio apareceu para uma visita com um dos filhos dele, aliás, meu primo favorito desde criança. Como ele quase não aparece lá em casa, minha mãe ficou toda feliz, abraçou o sobrinho e perguntou pela família dele, filhos e esposa.

— E a fulana está boa?

— Não, tia, já foi melhor. Está meio gordinha.

Minha mãe não entendeu ou não quis entender e fez cara de "Barbie na caixa" — como diria uma leitora do *blog*. Meu tio, palhaço velho e emérito, deu uma gargalhada orgulhosa do talento circense do rebento. Eu não me contive e disse na mesma hora:

— Tu é um palhaço.


## PALHAÇO SEM-LOÇÃO

E quando a gente pensa que já viu todo tipo de espetáculo, vem um palhaço e nos surpreende com uma nova performance.

Estava eu deitada, curtindo minha crise de rinite, quando o celular toca. Era o palhacinho da vez. Conversamos por um tempo e ele fez o convite pro motel. Beleza. A gente saiu algumas vezes durante seis meses, mas não tínhamos transado. Ele já tinha me feito o mesmo convite há algumas semanas e eu não aceitei porque não estava a fim. Achei que aquele dia tinha uma conjunção astral favorável, apesar da minha pontinha de febre, e topei.

Ele disse que passaria na minha casa em meia hora. Me arrumei rapidinho e na hora marcada estava na porta esperando por ele, que chegou todo cheirosinho e cheio de amor para dar.

Na entrada do motel, ele parou o carro:

— Só tem uma coisa: eu estou duro. Você se importa de pagar?

A minha resposta foi uma gargalhada (depois eles reclamam quando são chamados de palhaços, mas nos fazem rir, ora!), seguida da ordem:

— Pode dar ré.

E eu não conseguia parar de rir. Mas foi realmente um espetáculo digno das maiores gargalhadas. Como o cara chama a mulher pela primeira vez para o motel e ainda pede para ela pagar??? Sem-loção!!! Fora que eu nunca paguei motel para homem nenhum e, se um dia eu pagar, meu amigo, vou comer o malandro do avesso!

Ele ainda queria ficar de amasso dentro do carro na porta da minha casa às sete da noite. Nem pensar, *babe*. Quando ia saindo do carro, ele falou o clássico "te ligo". Agora, nem ele me oferecendo a suíte presidencial do motel eu topo. Artista circense comigo só tem direito a apresentação única. O picadeiro já está à disposição de outro.

## RAPIDINHAS
O pior é que são todas do mesmo artista circense. Que talento!

### I
Eles estavam só ficando e num momento de declarações na cama ele pergunta:
— Você é só minha?
A ingênua:
— Sim. E você? É só meu?
O bruto:
— Ah! Eu sou do mundo.

### II
Já namorando: ele precisava fazer uma viagem de um mês, mas tinha dois medos: de que ela o traísse ou de que ele ficasse carente lá e acabasse saindo com outra.
Vem cá, o que é medo de ficar carente? Se ele sabe que gosta dela, não é só se segurar?

### III
Eles viajaram juntos um fim de semana. Ele ficou trêbado e ela teve que voltar para a pousada carregando o garoto. Quando chegou à porta da pousada, o palhaço se sentou no meio-fio e se negou a entrar, queria voltar pra cidade e beber mais (ai, ai, palhaço pentelho). Ok, ela conseguiu que ele entrasse. No que entraram na pousada, o bruto saiu correndo pro quarto, entrou e trancou a porta, deixando a garota do lado de fora (detalhe: essa pousada era a casa de uma família, que alugava os dois quartos sobressalentes). Já passava da meia-noite e ela teve que ficar batendo no quarto pra entrar. Quando ele deixou, disse que estava só brincando. Ela nem pôde quebrar o pau, por respeito aos donos da pousada e aos hóspedes do outro quarto.

## PALHAÇO SEM HÁBITOS HIGIÊNICOS ADEQUADOS
Se conheceram em uma boate e ficaram. O cara era bonito, sabia dançar, tinha um corpo sarado, roupinha descolada, beijava bem... Aparentemente, um fofo. Depois de uma noite de beijos e amassos foram pro apartamento dele. Assim que o bruto abriu a porta, a moça se surpreendeu. A sala era bagunçada de um jeito que há muito tempo ela não via. Livros, CDs, almofadas, notebook, prancha de surfe, cuia de chimarrão, tudo jogado por cima da mesa e do sofá. Parecia mais o quarto de um adolescente do que a sala de um homem de 30 anos. Enfim, vamos pro quarto e esqueçamos a ineficiência da diarista. Humpf.

# Dicionário Ilustrado de Palhaços

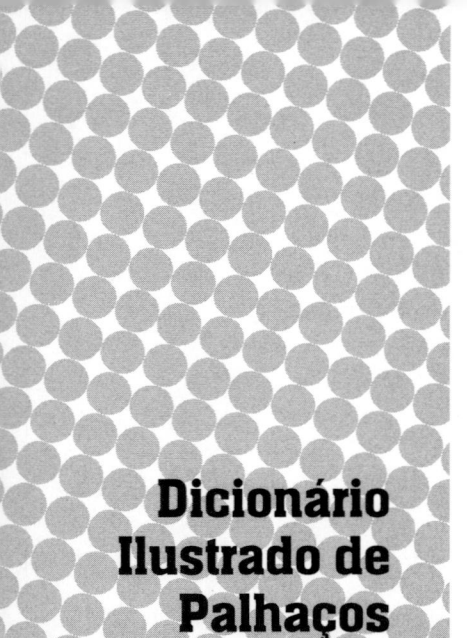

**PALHAÇO MILHAGEM**
*É um aprendiz de palhaço. Apaixonado, dedicado, mas sempre palhaço. Afinal, homem que é homem é palhaço. Ele acha que relacionamento é como programa de milhagem: para cada dia de bom comportamento, recebe um vale-palhaçada. São bonzinhos, portanto merecem crédito.*

Quando ele abriu a porta do cafofo, ela realmente se assustou: além de uma mixórdia do mesmo calibre da sala, o quarto fedia a chulé. Não era pra menos. Havia um armário, um sofá, uma mala enoooorme no chão, outra prancha de surfe, um violão (!) e em volta da cama dezenas de pares de tênis e meias espalhados. Ele a puxou pela mão para dentro do cômodo e foi chutando os calçados pra baixo da cama. A moça perseverou, afinal o cara era bem gostoso, e entoou seu mantra "abstrai o chulé, se concentra no seu cheiro, você é cheirosa".

Começaram a se beijar e ela já tinha até esquecido o fedor quando ele, num ímpeto, puxou o edredom. Lençóis de percal? Rá! Colchão nu! Sim, o bruto dormia sobre o colchão e se cobria com um edredom vagabundo. Como assim? Isso dá sarna! Bom, pelo menos ele pegou um pacote de camisinhas e colocou em cima da cama. Algum hábito higiênico o bruto tem.

Entoa o mantra "abstrai, ele é mó gostoso, quando chegar em casa você toma banho e se esfrega com bucha vegetal. Abstrai", entoa e continua. Beijos, amassos, começam a tirar a roupa. O rapaz puxa calça jeans e cueca de uma vez só. Os dois se beijam e, peraí, que cheiro é esse? Sim, respeitável público, é isso mesmo. O pau do rapaz estava fedendo. A moça deu uma olhada de relance, e a visão não foi animadora. Procura um mantra para entoar, mas não dá. Pau vencido não dá, né? Como disse outra amiga, "não era aquele cheiro de marido que chegou do trabalho", era de quem não toma banho há muito tempo.

A moça disfarçou, disse que não estava se sentindo bem, que não-sei-o-que-lá, enrolou e levantou. Quando foi catar seus pertences no chão deu uma olhada na camisa branca que ele tinha tirado e estava do lado avesso. É amigos, as costuras estavam imundas.

Há todo tipo de palhaçada, todo tipo de espetáculo, uns revoltantes, outros engraçados, alguns meio sem graça... A gente assiste a todos. Agora, vamos combinar, hábitos higiênicos adequados são imprescindíveis, né? A função está suspensa!

# PALHAÇO ESPELEÓLOGO

Outro dia eu e Ana Paula fomos à festa de aniversário de um amigo nosso. Havia mais homens que mulheres no local, o que já era um bom presságio. Falamos com os amigos e conhecidos, pegamos cervejotas e ficamos batendo papo em um canto esperando a música melhorar para dançarmos.

A festa foi enchendo e ouvi um "oi, dá licença" educado atrás de mim. No lugar de tocar no meu braço, como normalmente todo mundo faz, o rapaz passou a mão na minha nuca. Dei um passo para o lado e olhei. Ui! Era um tchutchuquinho! Todo branquinho, cabelo castanho-claro, um pouco mais alto que eu, todo bem-acabadinho, traje normal para a ocasião. Exatamente um desses que ando precisando lá em casa! Vem cá, neném! Volta aqui! Quem disse que você pode alisar minha nuca assim impunemente? O *babe* já tinha passado rumo ao bar. Ainda era cedo e resolvi deixar a festa e o palhacinho seguirem.

Mais tarde, muitas músicas e cervejas depois, estou parada perto do bar conversando com outros amigos, e o mesmo gatinho passa de novo. Quer dizer, ele ia entrar no bar, mas quando me viu parou e sorriu. Ai, que lindinho! Sorri de volta e ele veio falar comigo.
— Qual seu nome?
— Roberta, e o seu?
— Não importa meu nome, tudo que importa hoje é você.
— Hummm, me diz seu nominho — já passando a legenda "Craudicrei" na minha cabeça.
— Bom, não faz diferença se meu nome é Fulano, Beltrano ou Cicrano, que é meu nome realmente. Meu nome hoje é "A Roberta é linda".

Bom, a tentativa de ser galante não foi de todo mau, e o nominho dele não era Craudicrei.
— Hmmm... entendi. Bonito nome. E você é amigo de qual dos aniversariantes?
— De nenhum.
— Ué, como você veio parar nessa festa?
— Vim aqui pra te conhecer. Você é linda e eu precisava te conhecer.
— Ah, tá! Entendi.
— Isso, não conheço ninguém aqui além de você e é tudo de que eu preciso. Só vim aqui pra te conhecer, porque você é linda.

Nisso uma amiga minha passa e cochicha ao meu ouvido "não pega não, que ele é retardado". Ah, uma coisinha daquelas não precisa saber muito mais do que assinar o nominho. E, para os meus padrões, ele estava mostrando uma vasta cultura.

Já que estávamos nos entendendo tão bem, fomos para um canto para conversar melhor. Olha, esse menino sabe conversar! Que léxico! Todo lindinho, todo bom e bom palestrante! Quanto mais conversávamos, mais ele mostrava que tinha lido o meu manual inteirinho. Ficamos lá no nosso canto, gastando nosso palavreado, quando ele pergunta minha idade.
— Trinta e cinco — respondi.
— Puxa, então isso quer dizer que vou ficar oito anos viúvo?
— Hein?

— Você é oito anos mais velha que eu. É provável que você morra oito anos antes de mim. Como vamos nos casar e viver a vida toda juntos, você vai me deixar sozinho. Ah, não, não vou sobreviver.

Menos, *babe*. Beija que você faz melhor. Continuamos nosso diálogo tão eloquente. Papo vai, papo vem, e sei lá por qual motivo ou graça, estávamos rindo juntos. Então eis que, de repente, sem mais nem menos, ele veio com a mão na direção do meu rosto e... tentou enfiar o dedo no meu nariz! Sim, respeitável público, ele tentou enfiar o dedo indicador da mão direita no buraco direito do meu nariz. Eu dei um tapa na mão do bruto. Ele riu e tentou mais duas vezes.

— Para, porra!

Ele parou e ficou rindo. Ainda queria continuar parolando, mas o assunto mixou. Alguém merece?

## PALHAÇO INTERNACIONAL

Homem é tudo palhaço, não importa idade, nível de escolaridade, saúde bancária, localização geográfica, beleza, cor da pele, altura... Tudo palhaço. Provando isso, uma internacional:

A moça de passagem comprada, com o voo marcado para o dia seguinte. Ia visitar o palhaço namorado que estava morando em outro país. Ele diz que estava com outra e que era para ela não ir. Tipo assim, não dava para ter avisado antes?

## PALHAÇO SEM AUTOCRÍTICA

— Meu pau é grande e cabeçudo?

— Não.

Silêncio.

PUTA QUE PARIU! Certas perguntas não se fazem, né?

## PALHAÇO FRAUDULENTO

Sabe quando você pega um cara, e ele é bonitão, bem-apanhado, tem pegada e atitude? Vocês estão lá nos amassos, a chapa esquentando e você já bendizendo os deuses pela boa sorte? Tudo indica que a noite vai acabar bem. Aí começa a decepção: em vez de continuar os amassos ou ir para um lugar com mais privacidade, o bruto começa a dizer que vai te comer muito. Ahn... "Vou te foder muito, vou te esmerilhar, vou te dar um couro, vou te botar de quatro, vou fazer isso e aquilo..." Ahn. Fazer que é bom nada, né? *Babe*, todas nós já sabemos que homem que fala "vou te isso, vou te aquilo" na verdade não vai nada. Dá vontade de lixar a unha enquanto o palhaço vai discorrendo seu rosário de promessas. Fala sério!

Pois é, outro dia não é que me passaram o "conto do gostoso" de novo? Mas Dona do Circo escolada, quando vi que era número repetido, peguei minha bolsa e vazei. Melhor dormir meu soninho de beleza, bem mais divertido.

## PALHAÇO OGRO

O casal estava no maior amasso na casa do rapaz. A moça achou que tinha se dado bem, pegou um morenaço belzebu, todo tchutchuco, o genrinho que mamãe pediu a Deus. É hoje!

Estão lá sentados na cama, beija aqui, beija ali, se apertam, se amassam, lambe a boca um do outro, chupa o pescoço. Está esquentando! Ela senta em cima do rapaz e faz que vai tirar a blusa, ele toma a dianteira e puxa a peça fora. Olha pro busto da moça e com semblante ávido estende as mãos. Ela acha que ele vai acariciar seu colo, seus seios. Vupt! Nem deu tempo de dizer "Nããão!" O bruto rasgou o sutiã dela.

Peraí, meu bem, tu sabe quanto custa um sutiã? Está pensando que eu uso qualquer sutiã? Que comprei na liquidação? Não era um sutiã de ir trabalhar, era um sutiã de sábado à noite! Tudo isso passou pela cabeça, mas ela não disse nada. Ficou olhando pra ele com cara de "como assim?". Olhou para o próprio corpo: claro que ele não tinha conseguido rasgar a base da peça, onde tem o elástico. Estava lá ela com cara de pastel, sentada em cima de um malandro com cara de mais pastel ainda, com um sutiã rasgado no corpo, os bojos meio abertos e um elástico na base dos seios. Ele realmente achou que ela ia gostar disso? Então devia pelo menos ter aprendido a rasgar direito, porra!

— Como é que vou embora agora?

— Eu te empresto uma camisa minha, eu te empresto tudo que você quiser, te dou tudo que é meu.

— Porra, eu não quero uma camisa sua! Quero um sutiã, aliás, queria o meu sutiã! Ou você pretende rasgar minha blusa também?

# Dicionário Ilustrado de Palhaços

**PALHAÇO MONTE CRISTO**
*Ele faz a palhaçada, deixa aquele rastro inacreditável e some. Dias, semanas, meses e até anos depois, reaparece. Às vezes com um novo visual, outras se gabando por estar "disponível" mais uma vez: "Ó, se quiser, o bonitão está aqui."*

Como ela é uma moça perseverante, brasileira que não desiste nunca, tirou a porra do sutiã rasgado e jogou no chão. Vamos continuar a função, afinal o bruto estava bem animadinho, palhacinho querendo mostrar eficiência. Beija aqui, amassa ali, vira pra cá, vira pra lá, a moça pede: "Bota a camisinha." Ele se faz de surdo e tenta dar prosseguimento aos trabalhos, digamos assim, desnudo.

— Não, sem camisinha, não — avisa ela, decidida.
— Eu quero gozar em você — manda o palhaço.
Jura, Pedro Bó? Você vai gozar, mas dentro da camisinha.
Ele ri, desconversa, vira cá, vira lá. Nananinanão, palhacinho. Puxa a moça pra cá, puxa pra lá, beija, aperta, morde, amassa e... pega no sono! Sim, respeitável público, dileta audiência, o malandro diz que vai fazer, vai acontecer, vai foder muito, vai comer todinha e... dorme!
A moça, resignada, olhou a cena patética do palhaço pelado roncando. Fazer o quê? Esperar o bruto acordar para recomeçar a lenga-lenga da camisinha? Obrigada, eu passo, vou para casa dormir. Levantou e foi embora antes que tivesse gente demais na rua para ver que ela estava sem sutiã. Claro, catou a peça rasgada — afinal, não ia deixar para ele mostrar de troféu pros amigos — e se mandou sem deixar bilhete. Ah, deixou a porta da casa dele aberta, à guisa de castigo para aprender que é grosseria dormir na presença de uma mulher maravilhosa. Tomara que acorde com o saco latejando.
Uma amiga disse que ela deveria ter tirado R$ 50 da carteira do palhaço e deixado no lugar um bilhete avisando que tinha levado como indenização pela peça rasgada. Sei lá, melhor deixar pra lá. Afinal, se fosse pedir ressarcimento do prejuízo ia ter que ser compensada também pelas manchas roxas nos braços, ombros e nuca adquiridas em vão.

## PALHAÇO INDISCRETO

Uma amiga minha estava de rolo com um palhacinho que parecia bem legal. Parecia. Já estavam saindo havia algum tempo e um fim de semana desses ela dormiu na casa dele. De manhã, a moça levantou e foi ao banheiro, como a maioria dos mortais. Quando voltou o palhaço disparou:
— Você demorou!
Ai, caralho, agora tem tempo marcado para ir ao banheiro? Educada, ela respondeu:
— É? — E foi sentando pra tomar café.
— Demorou, sim.
— É? Nem reparei.
— Normalmente você não demora assim.
— Pois é.
— Eu tava te esperando pra tomar café!
— Então vamos tomar café.

— Por que você demorou tanto?
— Porque eu fiz cocô, porra! Satisfeito?

## PALHAÇO CONTATINHO

Eu estava no teatro, quando lá pelas nove horas da noite meu celular vibra loucamente. Era um número desconhecido. Como era dia de semana e eu estava esperando a ligação de um vendedor (não, não é vendedor de vibrador. Simplesmente não vem ao caso o que eu queria comprar), pensei que pudesse ser ele (apesar do horário) e retornei a ligação no intervalo do espetáculo.
Do outro lado, atendeu um homem. Pude ouvir ao fundo uma gritaria, uma bagunça de rua cheia, como em um barzinho.
— Aqui é Ana Paula. Ligaram pra mim deste número. Quem está falando?
— Ana Paula? Ana Paula de onde?
— Olha, se você me ligou, devia saber.
O palhaço não sabia de onde eu era e mal me ouvia. Roberta ficou me sacaneando:
— Dá esse celular pra qualquer um...
Nem.
O sinal tocou e eu voltei para o meu espetáculo (teatral, e não circense). Mais ligações do mesmo número no meu celular e, quando eu estava no táxi já voltando para casa, ele ainda insistia. Por fim, resolvi atender. Agora ele não estava mais em um lugar tão movimentado.
— Quem fala? — perguntei.
— Ana?
— Sim.
— Ana, aqui é o Palhaço Contatinho. É que eu achei seu telefone na minha agenda e queria lembrar de onde te conheço.

Este deveria ganhar o Prêmio Palhaço Contatinho do Ano, porque ele não só liga para mulher pra fazer "contato" depois de muito tempo, como tem a cara de pau de ligar para mulher que ele nem sequer lembra quem é! Três vivas para ele, porque ele merece!

## PALHAÇO MUITO (MAS MUITO MESMO) SINCERO

Era uma festa junina de igreja no subúrbio carioca. Imagina o clima? Totalmente família, "as criança tudo correno", um bingo rolando, pescaria; sopa de ervilha e cachorro-quente eram os quitutes mais disputados. Aí, um palhaço começa a olhar para a moça. E o palhaço olha insistentemente. O amigo que acompanhava a moça resolve puxar papo com o cara para deixar claro que ele não era namorado dela.

# Dicionário Ilustrado de Palhaços

**PALHAÇO "NÃO ACREDITO"**
*Ele jura que é viril, hétero, homem, macho. Mas no fundo, lá no fundinho, quando em situação confortável ou em ambiente familiar, espalma a mão no peito, levanta a sobrancelha e diz "não acredito!" de forma pausada e muito, muito gay. Aí, amiga, não conte história: corra. Às vezes, ele disfarça bem: é aquele amigo do seu namorado que só fala mal de você.*
*Sinônimo: Palhaço Biba.*
*Coletivo: Le Boy.*

— Oi. Eu vi que você está olhando pra minha amiga.
— É, estou, mas avisa a ela que eu não quero compromisso. Quero só por hoje.
Ah, tá.

## A EVOLUÇÃO DO PALHAÇO VOVÔ-GAROTO/ VOVÔ-MOLEQUE

Narinha recebe uma ligação enfurecida.
— Vou entrar com uma ação por danos morais. Eu mereço!
E merece mesmo. Essa é a história de F., minha amiga humilhada (não gosto dessa palavra, mas só essa mesmo vale uma ação de dano moral, né?).
Pequeno flashback?
Vamos lá...
F.P. foi a um matrimônio. E lá reencontrou o Palhaço Vovô--garoto.
Ela e o palhaço se conhecem. Ela e o palhaço flertaram uma época. Mas não rolou. Viraram amigos de "oi, tudo bem? E aí? Beleza? Tchau, kiss, kiss". Tipicamente carioca.
Aí chegou o matrimônio de amigos em comum e ele estava lá todo pimpão. Pimpão de champanhota. Pimpão de alegria. Tava que tava. E começou a flertar com ela de novo.
E ela, me confessou depois, estava meio travada, não queria beber muito, estava ali querendo-mas-não-querendo...
Ah! Os sinais...
Mas ele estava todo pimpão, tem seu valor, é bonito, interessante e era só sorrisos... Ui! Estavam flertando de novo. Ela queria ficar mais "soltinha" e bebeu duas taças. Foi lá falar com o pimpão. Sorrisos, simpatias mil, luxo e riqueza...
Dancinha pra cá, dancinha pra lá e... Gooooool!
Ficaram.
Ela observa: "Ah! Antes de ficarmos ele me apresentou toda a família dele que já estava indo embora do casamento. Não recebi olhares afáveis da mãe dele."
Ah! Os sinais...
Beijinho pra lá, beijinho pra cá... Pimpão foi ao toalete. F.P. ficou esperando. E as amigas vieram:

— Oooooolha... Pegou o gatuno! Luuuuuuxo!!! Uau!!!

E F.P., agora, tinha ficado pimpona.

Opa! Mas espera um pouco...

(Conselho da autora: leia o trecho abaixo como narrador de jogo de futebol.)

Pimpão saiu do banheiro, driblou o garçom, passou pelo bar, sacou uma nova taça de champanhe, tabelou com um amigo e correu pra grande área... Toca dali, toca daqui, sacou uma outra menina pra dançar... Deu-se o empurra-empurra na grande área e... Gooooooool!!
ELE FICOU COM OUTRA!

E F.P. completa: "Vem cá: eu não mereço uma ação por danos morais? O Vovô-garoto, agora Vovô-moleque, está pensando que o casamento da amiga é o quê? Micareta?!?! Fica comigo na frente das minhas amigas, faz o gênero 'estou ficando com você' e depois pega outra na pista de dança?!?!"

Mas por essa ele não esperava:

F.P. tem uma amiga com Pombajira de frente, que chamaremos de J. Pois bem, J., de Pombajira recebida, foi até a pista, cutucou o Vovô-moleque e foi logo dizendo:

— Ô, rapá. Que história é essa de pegar a minha amiga e ficar com outra? Que palhaçada é essa?

E aí foi a vez de a segunda ficante saltar de bamba:

— Como assim ficou com outra?? Seu nojento!!!

Enquanto isso, F.P., que não é boba, já corria atrás de um advogado...

Meninos e meninas, quais são as lições de hoje:

1. Casamento não é micareta;
2. Nem todo homem é o José Mayer que pode sair por aí pegando todo o elenco da novela das oito e todo mundo achar bonito. Se ficou com uma, contenha-se no seu quadrado;
3. Depois de uma certa idade, esse tipo de comportamento masculino deixa de ser infantil e se torna patético;
4. Culpar a bebida é inútil; e
5. Homem, além de não poder dormir, não pode ir ao banheiro.

## PELADÃO

Toquei a campainha e o cara estava peladão e em riste!!! O pior foi que a princípio eu nem percebi, pois olhei só pro rosto do maluco. Achei que ele estava só sem camisa, mas quando minha vista desviou pra baixo, lá estava o cara com a "troçoba" armada. Amigas, uma cena grotesca. Achei tão ridículo que não sabia como reagir. Resolvi ser blasé e mandar alguma ironia:

— Você costuma andar assim pela casa ou é só porque sabia que eu vinha aqui?

Mais bizarro ainda aconteceu com uma amiga minha. A mesma situação, só que além de o cara estar peladão, em riste, ainda segurava uma taça de vinho tinto. Meu Deus, será que eles não avaliam o ridículo da situação?!

## PALHAÇO CURIOOOOSO

Estava passeando na praia com um brutinho-palhacinho que eu namorava, o irmão-palhacinho mais novo dele e o melhor amigo igualmente palhaço deles.
Lá pelas tantas o palhaço namorado vai andando um pouco na frente, conversando com o palhaço irmão. Eu fiquei um pouco mais pra trás com o palhaço amigo.
— Roberta, desculpe, mas quero lhe fazer uma pergunta.
— Fala.
— O Fulano manda bem de cama?
— Ahn?
— É que eu acho que ele não manda bem, pelo que ele fala. Mas sempre tive essa curiosidade e você poderia me esclarecer.
— Desculpe, você é gente boa, mas não vou falar sobre isso com você.
Não sei, não, mas achei esquisito. Ninguém nunca tinha me feito pergunta semelhante. Não tenho a menor curiosidade sobre como minhas amigas e amigos são na cama. Pra mim é totalmente surreal a possibilidade de eu virar pro namorado de uma das minhas amigas e perguntar: "Como é que ela trepa? Manda bem?"
Narinha resumiu a situação assim: "O amiguinho quer dar bumbum..."

## PALHAÇO CAGÃO

Me lembrei de um palhaço sensacional que conheci pela internet. Ele está naquela categoria casado-infeliz-cagão, aquele tipo que já não suporta a mulher, mas não consegue largar a bruta.
De cem caras que eu conversei na internet, 95 tinham esse papo... Ai, ai... Um saco! Tem gente que não pode, não tem grana. E quem pode? Reclama de quê?
Voltando ao bruto... Era podre de rico. Rico mesmo. Muito rico. Tinha um filho pequeno (acho que tinha 2 anos) e dizia ser o mais infeliz dos homens. Eu aconselhava: "Larga ela, vai viver a sua vida..."
Não tivemos nada. Nem ao menos trocamos um beijo. Até hoje não sei o que ele queria de mim. Ele só reclamava... lamentava... suspirava... eu ouvia tudo... Paciente, não? Tinha pena porque a saúde dele era ruinzinha mesmo.
Um dia ele me confessou que não largava a mulher por causa do filho... Nelson Rodrigues perde, né?
Outro dia apareceu lá em casa de porre. Porre de cair no chão. Eu desci e fomos dar uma volta na praia. Paramos no mirante. Ele beijou minha mão e me pediu que revelasse a ele minha alma...
Hum hum...

Papo de bêbado fodido, né? Eu desconversei, dei uma risadinha, disse que minha alma não era assim tão fácil e... ele ficou puto!

Disse que eu era insensível, que ele estava ali pedindo a minha alma e que em troca nada tinha recebido...

Se na época eu soubesse, teria respondido de bate-pronto: "Vai dar meia hora de bunda, cagão!"

Graças a Deus ele sumiu da minha vida.

Detesto gente covarde.

## PALHAÇO MAMÃE

Ela já acordou pensando na praia. Ele, no jogo.

O Fluminense jogaria às quatro horas da tarde e ela sabia que sua estada à beira-mar seria curta. Afinal, ele é tricolor doente. Mas naquele dia em particular ela não estava em clima de futebol. Pensou: "Nada de ver jogo de futebol em casa, se quiser vá sozinho que eu fico na praia..." Isto podia ter sido um diálogo, mas o clima entre o casal estava quase telepático. Ele, talvez, tenso pelo jogo. Ela, antecipando o estresse. Se não saísse da praia pra ver o jogo, sabia que ele se chatearia. Mas, paciência, na semana anterior ela já tinha ido ao Maracanã com ele. Sua cota de futebol se esgotara.

Mas ninguém falou nada. Ele saiu de casa achando que teria companhia certa. Ela continuou pensando na praia. Só que os dois continuaram silenciosos.

Na praia, ele ouvia música no mp3. Ela, esparramada na cadeira, pegava um sol carioca, típico de quase verão.

O relógio marcava quase quatro horas da tarde... Chegava a hora de partir. O jogo do Fluminense urgia, pedia licença, queria passar... Ele começou:

Ele: — Vamos?

Ela: — Pra onde?

Ele: — Pra casa!

Ela: — Tá cedo.

Ele: — Tá quase na hora do jogo.

Ela: — Vai na frente que eu vou depois. Tá calor.

# Dicionário Ilustrado de Palhaços

**PALHAÇO NELSON RODRIGUES**
*São dois tipos: tem aquele que chama para sair e convida você para "tomar um Chicabon" ou que usa termos como motoca, decalque e serelepe; e tem aquele palhaço saído diretamente das páginas de A Vida Como Ela É... Ele preserva as instituições familiares: casa com a namoradinha do segundo grau, cumpre suas obrigações como marido, tem uma amante, é funcionário público e acha que sexo com prazer é só com puta. Sair para se divertir com a mulher, nem pensar.*

Ele: — Eu vou sozinho?!?
Ela: — Ué! Qual é o problema? Eu chego em casa no segundo tempo.
Ele não gostou. Ficou emburrado. A praia estava ótima, ela queria ficar. A filha dela levantou.
Filha: — Eu vou também.
Ela: — Vai com ela que eu chego em casa daqui a pouco.
Ele: — Você não vai agora?
Ela: — Não. Está cedo e eu quero ficar na praia. Não vou demorar.
Ele: — Você vai ficar?
Ela: — Vou. Não vou demorar... Chego no segundo tempo e a gente almoça.
Ele: — Tá bom. Eu espero.
Ele colocou a camisa. Não falou. Ela não entendia o motivo do mau humor. Sempre viam os jogos juntos, mas naquele dia ela queria curtir o sol. Ele saiu da praia com a menina. Ela abriu o jornal e ficou lendo debaixo da barraca.
Quinze minutos depois tocou o celular:
Filha: — Mãe, visto a calça azul com a blusa branca?
Ela: — Não sei... Pergunta pra ele... Vê o que fica melhor. Eu não tô vendo, não posso opinar.
Filha: — Ele saiu.
Ela: — Saiu?!?! Foi pra onde?
Filha: — Saiu. Tomou banho e saiu. Disse que ia ver o jogo na casa da vovó.
Ela: — Veste a blusa branca.
Ela desligou o telefone. Disse em alto e bom som.
Ela: — Tá vendo? Homem é assim: tudo palhaço! Tu-do pa-lha-ço! Foi ver o jogo na casa da mamãe! Da ma-mãe!! Pois que fique com ela, pa-lha-ço!

Moral da história: ele ficou emburradinho porque ia ver o jogo sozinho e fez pirraça indo ver o jogo na casa da mãe, apesar de ela ter dito que chegaria em casa no segundo tempo. Palhaço Mamãe corre pro colinho da velha quando as coisas não saem como ele quer.
Já é da natureza do homem ser palhaço. Por vezes, essa característica acaba ultrapassando os limites do relacionamento amoroso e só prova que homem não só é tudo palhaço, como também é SEMPRE palhaço.

## MINUTOS DE SABEDORIA
*"Quem tem xota tem poder."*

## PALHAÇO NO BUZUM

Palhaços punheteiros que nos perturbam em coletivos são um clássico. Quando eu era mais mocinha, os punheteiros de cinema eram os vilões da humanidade. Hoje são figuras do passado. Temos essa nova espécie de punheteiros, que curtem bater uma no balanço do buzum. São seres sorrateiros, que nos perturbam naquele soninho bacana ou naquele aperto infernal. A história a seguir não aconteceu comigo, mas com uma amiga, fã do *blog*, que está sempre disposta a aumentar nosso cancioneiro de histórias patéticas sobre palhaços igualmente patéticos. Dando mais detalhes pra você: essa minha amiga é uma mocinha calma, incapaz de falar um palavrão.

Mas vamos ao acontecido:

Eu estava indo pro trabalho, de ônibus, porque agora sou proletária, né? Pois então, estava sentada, com minha bolsa no colo, de óculos escuros... Assim, meio lerda ainda. Chegou um palhaço e sentou-se ao meu lado. Até aí, nada de mais... Como estava com a cabeça encostada no banco e de óculos, acho que ele pensou que eu estivesse dormindo. Lá pelas tantas, senti alguma coisa arrastando na minha perna... na coxa... Pensei que fosse a alça da bolsa. Quando fui olhar, o idiota estava passando a mão na minha perna... Ai, que raaaaaaaaiva! Ele estava com os braços cruzados e, com a mão que ficou perto de mim, tentava fazer isso... A outra, não preciso nem dizer que estava lá nas coisas, né? Fiquei muito puta, mas na hora fiquei meio sem reação... O ônibus estava cheio, eu não sabia se dava uma porrada, se levantava... Afastei-me um pouco dele, olhei com uma cara feia e deixei quieto (eu não gosto de ficar brigando, fazendo escândalo). Enfim, continuei ali, quieta, mas de olho nos movimentos do infeliz.

E não é que o palhaço já estava tentando de novo??? Caracaaaa, fiquei louuuuca de raiva! Olhei para cara dele e falei bem assim:

— Olha aqui, ô palhaço, se você tentar encostar em mim de novo, vou lhe dar uma porrada tão forte que o seu peru vai sair pela sua bunda.

Já me imaginou fazendo isso??? Ele olhou todo meio assustado, sabe? E falou assim:

— Pô, desculpa, desculpa...

Eu completei:

— E chega pra lá, porque eu não quero ficar perto de você.

E coloquei minha bolsa no banco, ao meu lado. O cara ficou lá na ponta, quase caindo... (O ônibus estava cheio e eu não ia ficar de pé por causa daquele palhaço.) Na hora de eu saltar, tive que levantar e passar por ele. Não tinha jeito. Então falei assim:

— Levanta que eu quero descer.

O cara chegou pro lado e eu disse:

— Não, você não entendeu. Quero que levante.

Ele levantou e eu também. Ainda completei:

— E ai de você se olhar pra minha bunda... — e fui embora.

# Dicionário Ilustrado de Palhaços

**PALHAÇO PACHECÃO**
*Esse palhaço a troca sem culpa, sem remorso e sem arrependimento pelo time de futebol. Em época de Copa do Mundo então... que inferno! Ele se esquece da sua existência e concentra todas as forças em 22 palhaços correndo atrás de uma bola. (O Ministério da Palhaçada adverte: este fenômeno pode ocorrer também durante os Jogos Olímpicos.)*

## PALHAÇO PEIDÃO

Essa é meio nojenta, portanto preparem-se. A bruta estava com raiva e resolveu soltar os cachorros por aqui. E olha, ela tem razão.

Vamos ao que interessa. Ela e o namorado estavam naquela intensa atividade pré-sexo. Mão aqui, perna ali, beijo lá, beijo cá. Eles já namoravam há quase dois anos, então nada de muitas surpresas. Ele só de cueca, ela já sem roupa. Preliminares a todo vapor. Como estava frio (eles moram em São Paulo), um cobertor se fazia necessário.

E lá estavam eles esquentando o cobertor, a cama e os corpos. Ele com a cabeça para o lado de fora, ela totalmente debaixo do cobertor. Ela (segundo relatos da própria) brincava com a cueca dele. Mordia aqui, puxava ali, lambia acolá. Até que a brincadeira foi crescendo (sem trocadilhos, *please*), absorvendo os dois e ela ficou assim, completamente a fim de fazer um inesquecível sexo oral no bruto.

Mas eis que, aos 45 do segundo tempo, quando a boca da mocinha estava quase lá, a parte traseira do bruto não se segurou e soltou um... PUM!

Isso. Peido mesmo. E pior: debaixo da coberta!!!

Ela se assustou, deu um pulo, saiu dali debaixo. E ele? Ria, ria, ria, ria...

— Brincadeira, amor... — respondeu.

E o palhaço continuou rindo.

— Foi mal, foi sem querer, brincadeirinha... Ó, está sem cheiro.

E o amor, é cego ou não é?

## PALHAÇO TAXISTA PIROQUINHA

Eu peguei um táxi pra ir do Centro à Gávea e voltar, ou seja, uma viagem intergaláctica de ida e volta. Vários anos-luz de distância. Looongo trajeto... Ainda mais quando o taxista resolve bater papo. Este estava inspirado, ou melhor, carente. Queria conversar. E ele falou de tudo.

Começou, claro, pelo clima ("Calor, né?") e ato seguinte estava falando de política. Pelo menos falou mal do Bolsonaro. Como concordei, ele tomou gosto e começou a falar sobre os anos da ditadura militar. Disse que o pai "foi sumido" e que cinco tios foram torturados. Ok, ok, você é tro-lo-ló assim por causa disso. Entendi. Nada mais justo. Qualquer um ficaria tro-lo-ló. Mas não é porque me compadeci de você, que você acha que pode falar a viagem inteira, né? Não, ele acha que pode, e prossegue falando.

Não lembro qual foi o próximo assunto — ele falou de muita coisa, porque você sabe que taxista entende de tudo, mas nada foi amenidade. Só assunto punk!

Quando estávamos quase chegando de volta ao Centro, dois sinais de trânsito antes de eu descer, não sei por quais caminhos ele enveredou na sua falação, mas chegou ao assunto que queria: o tamanho do pau do amigo dele. Sim, amigos do esporte, o taxista falou do tamanho do pau do amigo dele! Acho que isso o angustiava e ele queria desabafar. E disse que era enorme: 23 centímetros e grosso como um rolo de papel higiênico. ("Vazio, claro. Aquele rolinho no qual o papel higiênico vem enrolado", ele esclareceu.) Jesus, Maria José e o burrico! Passa o telefone desse homem!

Contou da sua surpresa ao ver o pau do amigo no vestiário do futebol, disse que zoou o cara, mas outro amigo o alertou que não fizesse isso, porque o pirocudo era traumatizado. Devia ser um aleijão, né?

Disse que o tal amigo terminou casamento por conta do pau tamanho XGG-mega-power--plus, que a mulher dele não aguentou. Aí, soltou a pérola:

— É, porque mulher decente não gosta dessas coisas. Vai ficar toda arrebentada! Mulher que gosta de sexo limpo não quer isso, não. Só as depravadas, as safadas, que gostam. Eu gar-ga-lhei! Alto. Não me segurei. Só rindo, né? O cara morre de inveja do pau do amigo, mas só porque tem um meia-boca e quer se convencer de que assim é melhor, diz que as mulheres "decentes" não gostam de pau grande. Palhaço. E piroquinha.

## PALHAÇO MIMADO

Sabem como é filhinho de mamãe? Aquele cara criado com mimo excessivo por mamãe. É mamãe que dá banho, que lava as cuecas, que passa a blusinha, que faz comidinha. Até aí, nada contra. Mas depois que o cara passa de certa idade, esse tipo de comportamento fica assim, digamos, meio ridículo.

O palhaço da mamãe em questão já passou da casa dos 30. Separado, um filho ainda pequeno. Namora a garota há uns dois anos. Com medo da mãe (que coisa...), ele nunca assumiu o namoro. Ela era sempre a "amiga".

Ele não costumava dormir na casa das amigas, mas dessa amiga em particular ele dormia. E várias vezes por semana e várias vezes por ano. E "a amiga" sempre ia nas reuniões de família e já se dava bem com as cunhadas, quero dizer, com as amigas da família do amigo.

E passa Natal, passa Ano-novo. Aí, um dia, eis que a velhota descobre que está doente. Muito doente. Muito mesmo. O cara ficou meio estranho, meio diferente. Mas a gente entende, porque, afinal, mãe é mãe. Ela, a "amiga", sempre atenciosa, preocupada com a saúde da velhota, até aturou o mau humor da senhora quase indo ao encontro de Deus. A "amiga" resolveu engolir todos os sapos possíveis e imagináveis.

Até que um dia a velha bateu as botas. Partiu desta pra melhor. O palhaço, é claro, ficou arrasado. Sumiu por 15 dias. Sumiu mesmo. A "amiga" deu aquele tempo, afinal é uma perda grande, mãe é mãe. Os dias foram passando, viraram um mês. Quando ela achava que o malandro já tinha desistido dela, o bruto apareceu cheio de amores, com cara de cachorro de desenho animado. Ela, coração mole, aceitou o bruto de volta, de braços abertos, compadecida pelo sofrimento do pobre rapaz.

E o tempo foi passando e nada de o cara assumir o namoro. Ela continuava a "amiga". Ok. Se o problema era a velha, e a velha morreu, o que impedia o bruto de assumir o relacionamento? Perguntar ou não, eis a questão. Ela ficava com medo de pressionar, de ser cruel com o pobre rapaz, mas todo dia o bruto só chegava na casa dela depois das dez da noite. Dormia, acordava às seis e se mandava.

Vamos ao relato.

"Porra. O cara ficava cheio de não me toques quando eu tentava iniciar uma conversa sobre o assunto. Eu não queria casar, ter filhos, mas pelo menos de namorada ele tinha que me chamar. Porque todos aqueles lances chatos de relacionamento ele cobrava: tinha crises de ciúme, queria fazer programinha de mãozinha dada... Mas me chamar de namorada na frente dos irmãos ou do filho nem pensar!

Um dia enchi e resolvi dar uma dura nele. Estava de saco cheio daquela situação. Esperei ele chegar lá em casa e falei que queria conversar. Disse que me sentia magoada, que não queria ter um relacionamento com alguém tão imaturo. Ele não falou nada. Ficou me olhando com aquela cara de pastel. Quando falei que entendi o lance da mãe, por ele ser o filho mimado etc., o cara ficou me olhando com uma cara estranha. Achei que ele ia chorar e quase amoleci. Ainda bem que me mantive firme porque, depois de tudo o que eu falei, o idiota olha bem pra minha cara e fala na maior cara de pau do mundo:

— Olha, eu não posso viver aqui com você... Você não vai saber passar minhas camisas, não vai saber fazer o suco como eu gosto, nem lavar a minha roupa e nem cuidar de mim... Só minha mãe fazia isso. Não posso morar com ninguém...

Freud que estás no céu! Não sabia se ficava com pena, se chamava a polícia, se gritava por socorro..."

Aterrorizante. Digno de Norman Bates, em *Psicose*.

Pergunto-me agora se a velha está lá empalhada na casa dele...

## PARA QUE A GENTE CASOU, HEIN? *OU* PALHAÇO REPRODUTOR

Uma amiga me contou que estava conversando com o marido sobre o futuro e fazendo planos quando surgiu o assunto de ter filhos. Eles são casados há uns dois anos e ambos têm menos de 30. Apesar de adorar crianças, ela não sabe ainda se vai querer prole.
— Eu quero ter um filho.
— Eu não sei se vou querer ter filhos. É caro, dá muito trabalho e não me sinto preparada.
— Ah, mas eu vou querer ter filhos!
— Só que quem vai parir sou eu e não sei se quero.
— Ah! Se não vamos ter filhos, pra que a gente casou então?!
Minha amiga, se sentindo uma vaca reprodutora, pensou: "É, pra que a gente casou..."

## E ESSA COISA DE TERMINAR NAMORO POR TELEFONE?

Quem explica isso?
Freud? Darwin? Jesus? O papa?
Outro dia esbarrei com uma amiga e, vendo que ela estava tão tristinha, resolvi puxar papo e perguntar o que houve para estar tão abatida. Disse ela que o namorado a tinha despachado por telefone, recusando-se a colocar os pingos nos is após o término. Ela ligava e ele, nada de atender.
Feio isso, não?
Depois de um certo grau de convivência, as pessoas merecem uma pequena porção de respeito, não acham? Se você se desloca para um estado pra ter sexo com outra pessoa, não pode fazer o mesmo pra terminar um relacionamento? E é só uma ponte aérea!!!
Claro, diriam os mais palhaços, fazer sexo compensa mais que discutir a relação. Concordo. Mas essa é a diferença entre os seres normais e maduros e os infantis e... palhaços!!!
Assim, você namora, leva a menina para sua casa, apresenta para papai e mamãe, faz compras no shopping, anda de

# Dicionário Ilustrado de Palhaços

**PALHAÇO PAMONHA**
*Como o maldito carro que assombra as ruas com o histórico grito de "pamonha quentinha", esse palhaço não mede esforços e cordas vocais na hora de dizer que "pegou fulana" ou "comeu sicrana". Quanto mais gente por perto para ouvir como ele é bom e quentinho, melhor. No geral, ele só come (ou comeu) metade das mulheres que diz ter comido ou que está comendo. Ver também Palhaço Procon.*

mãozinha dada, cria até apelidos ridículos, tem noites tórridas de sexo, promove jantares românticos, faz tudo que um namorado tem ou deve fazer. Mas quando dá a crise... Bem, aí é só pegar o telefone e ligar. Simples assim. Ô palhaçada de quinta...

Acho isso muito feio. Palhaço, mil vezes palhaço. E covarde. Porque soube começar, não soube? Soube cantar, mandar bilhetes, fazer proposta, comprar passagem. Mas e depois, desaprendeu?

Palhaço covarde. Detesto.

## O PALHAÇO DO ANO

Queridos leitores, esse conseguiu chocar até a mim, Dona do Circo rodada e escolada. Então, faço questão de contar detalhes. Leiam com atenção, meditem e me contem se ele não merece o título.

Se conheceram no início do ano, época que ela saía com um amigo dele. Se encontraram algumas vezes, mas nunca conversaram por longos períodos. Eram meros conhecidos, pessoas com amigos em comum, e a empresária circense nunca tinha reparado o interesse dele. Até que, no início de novembro, o bruto a convidou pra sair pelo Orkut. Ela não tava fazendo nada mesmo...

Saíram, ficaram e foi divertido. Passaram a conversar por MSN. Então o catiço – ainda disfarçado de "cara legal" (lenda urbana) – chama a moça para sair no meio da semana, o que acabou não rolando. Palhaço brasileiro que não desiste nunca, na sexta-feira o bruto convidou novamente a incauta empresária circense. Como ela já tinha marcado uma inocente cervejinha com amigos, o incluiu no programa. Até aí o artista circense tava recolhido, mas sabe como é... já era hora de começar o espetáculo. Começou a ensaiar e arrumar o picadeiro.

Apareceu na hora marcada, conheceu os amigos, foi simpático, bebeu, riu. Tudo como se espera de um homem interessante e educado. Rá! Do bar foram para a casa dele. Que rufem os tambores! Adivinha? Adivinha? Ah! Clássicos! O catiço tentou de todo jeito copular com a moça sem preservativo! É isso aí, o palhaço queria porque queria, achava porque achava que ia comer nossa heroína sem camisinha. Humpf. Moça de família, limpinha, com hábitos higiênicos adequados e apreço pela saúde, ela não transou, não capitulou. Não era questão de moralismo ou fazer doce, simplesmente ela é uma mulher de "valores inegociáveis".

Contudo, nossa empresária circense achou que ainda podia definir a noite como agradável. Ficaram de amassos, dormitaram e, ao amanhecer, ela foi para sua casinha. Eram quase-vizinhos. Sim, ela estava um pouco chateada pela insistência dele em não usar camisinha. Estava convicta que não rolaria mais ficar com ele por causa desse comportamento, mas tava feliz com o "rala e rola".

Eis que, segunda-feira, o babac..., digo, o palhaço puxou assunto pelo GTalk. Vocês acham que ele queria se desculpar pelo (mau) comportamento? Nãããão.... Vocês acham que ele a chamou para dizer que tava arrependido pela foda, digo, pelo tempo perdido e usaria camisinha na próxima saída? Nãããããão.... Vocês acham que ele queria simples e educadamente dizer que gostou das horas que passaram juntos, apesar da incompatibilidade? Nãããããããããããããão....

O bruto, o catiço, o palhaço, o ........ (completem os pontinhos) chamou para dizer que tinha ficado profundamente encantado com uma amiga dela que tava no bar. Tinha sido um "lance forte", sabe? Mas ele a considerava amiga e por isso não faria teatrinhos, seria direto. Desde que tinha conhecido a amiga dela "não pensava em outra coisa". Um lance forte e uma amiga, entenderam?

Sim, dileto público, graças aos hábitos higiênicos adequados da nossa empresária circense, ela se livrou dessa, mas ele queria transar com ela pensando na amiga dela? Ah, e a considerava amiga?

Didática, ela explicou que ele não podia sair com ela na sexta e pedir pra "colocar a amiga na fita" na segunda, que era grosseria. Afinal, eles não eram amigos que se comeram, eram conhecidos e ele a chamou pra sair. Ele replicou que nunca pensou que ela tivesse uma "cabeça tão pequena". Ah, tá.

Fina, ela o aconselhou a adicionar o novo objeto de seu desejo no Orkut e tentar a sorte. Como cara de pau e falta de noção pouca é bobagem, ele agradeceu e pediu pra ela ser "cupidinha". Cupidinha? Cupidinha? Cupidinha? Cupidinha de cu é rola. Cupidinha é pau no cu. Cupidinha é o caralho. Bom, isso eu que estou dizendo. Quando eu crescer quero ser uma *lady* que nem ela, que disse apenas "Adeus". "Até porque não coloco um catiço mal-educado desse na fita de uma amiga querida, que ficou 15 minutos no bar e disse apenas 'oi' e 'tchau' para o palhaço", me explicou.

Ah, a quem acha que ele era um rapazote imberbe, aviso que o palhaço beira os 40. Respeitável público, dileta audiência, é ou não é o Palhaço do Ano?

## PALHAÇO PIROCUDO ·

O casal, ainda "se conhecendo", estava no maior amasso no sofá. A chapa esquentou, perna para cá, outra para lá, quase que alguém chuta o abajur. De repente a moça pede para mudar de posição. Ele se faz de desentendido.

— Ei, está desconfortável, vamos mudar.
— Ah, não, fica assim.
— Não, cara. Teu pau é muito grande pra essa posição, está doendo.
— Meu pau não é grande, sua boceta que é rasa.

Pois é, amigos de circo, pois é.

## PALHAÇO FITNESS

A moça, muito bonita e bem-apanhada, digamos assim, era assídua frequentadora de um *fitness club* (vulgo: academia de ginástica). Ambiente de pessoas jovens, bonitas, saudáveis e de bem com a vida, supostamente. Eis que um palhacinho todo, todo, começou a dar em cima da nossa brava empresária circense. Bonitão, sarado e simpático, o bruto não era de se jogar fora. Ela entrou no clima do biscatinho. Papo vai, papo vem, ri daqui, pisca dali. Trocaram telefones.

Eis que o palhaço liga convidando a moça pra sair. Combinaram de se encontrar no fim de semana à noite. Empenhada, ela engalanou-se toda, perfume, maquiagem, salto alto e tudo que tem direito e pede um primeiro encontro. Na hora marcada, estava lá o rapaz.

Quando ela entrou no carro... Decepção e estranhamento. Ele estava de roupa de academia.
— Ué, você está com roupa de academia?
— Se você quiser passo em casa pra trocar, mas aonde a gente vai não precisa.

Peraí, como assim o cara sai sábado à noite em traje de *fitness*? Será que veio direto da academia sem nem tomar banho? Ela devia ter aceitado esse primeiro sinal e se mandado, mas perseverou, afinal, até então ele era tão simpático e galanteador...

O caboclo ligou o carro e foi embora. Para surpresa da moça, ele se dirigiu ao "setor de motéis" da cidade (o episódio ocorreu em certa cidade estranha e extremamente circense, dividida por setores, como o de oficinas, o de motéis, e assim por diante). Caiu a ficha: "Porra, ele vai direto pro motel, sem nem beijar na boca? E se ele beijar babado?" Talvez, nossa brava empresária devesse ter aproveitado o engarrafamentozinho para ter dito: "Darling, esqueci o forno ligado. Você pode me levar de volta e a gente deixa o programa para outro dia?", mas, crédula, resolveu ir em frente, afinal, não estava fazendo nada mesmo e lavou, está novo.

A empreitada propriamente dita não foi digna de nota, positiva ou negativa. Segundo relato da própria, foi ok. Terminada a função, ela levantou para beber alguma coisa.
— Vou pegar um refrigerante, você quer alguma coisa?
— Não, bebe aqui — câmera lenta, o bruto abre a mochila e saca de uma garrafa de Fanta Laranja, temperatura ambiente.

Sim, amigos, é isso mesmo, ele levou uma garrafa de Fanta na mochila. Essa Coca-Cola era Fanta — quente.

— Não, obrigada. Pensando bem, nem estou com sede. Vamos embora? Está meio tarde, vamos pedir a conta?
— Vamos.

Quando a conta chegou, ele, com a cara de pau enceradíssima, disparou:
— Vamos dividir?

Meio sem graça, ela concordou, olhou o valor e colocou a metade do montante sobre a mesa. Holofotes no palhaço, que rufem os tambores!

Ele, sem titubear, abriu a carteira e sacou de um "Vale Desconto de 50%" e quitou a sua parte da conta.

É, amigos, tem dias que é melhor ficar lixando a unha do pé ou vendo TV. Pelo menos, ele a deixou em casa, não largou num ponto de ônibus ou na porta do motel, como em espetáculos passados.

## PALHAÇO TRENA

O palhacinho era bonito, bem-acabado, inteligente, divertido e, pelo que tinha visto/experimentado até então, gostoso. Partilharam horas agradáveis durante toda a noite de sexta e, no início da madrugada, resolveram ir embora juntos. Quando chegaram no quarto, aquela animação, ambos ofegantes e ansiosos arrancando as peças de roupa entre beijos... Até que a moça tirou a cueca do mancebo. O bruto olhou orgulhoso para o pau e mandou:
— Tá bom pra você o tamanho?
Que romântico! Olha, era de bom tamanho, bela envergadura, mas já vi maiores.
Claro, gentil e doida pra dar, disse:
— É lindo.
Veja bem, lindo não é sinônimo de enorme, narrou a Dona do Circo.
A transa foi ótima, todo mundo ficou feliz e continuaram se vendo com frequência. Noite dessas, na casa dela, estão lá de novo tirando a roupa, já sem tanta pressa, curtindo mais cada gesto, apreciando cada pedaço de pele revelado, quando o caboclo tira a cueca e manda:
— Meu pau é pequeno? Ou é assim, normal?
Porra, de novo com essa?
— Por quê, você acha pequeno? — devolveu a Dona do Circo.
— Não, não. Eu não! Quem tem que achar ou não é você. Ele é normal, né?
— É normal, é de bom tamanho, do tamanho que eu gosto, é lindo — respondeu com vontade de rir.
Já estava pelada, ia falar o quê? "Ih, meu último namorado era mó pé de mesa... o teu é um gongolinho perto dele"? Não, né?
Além do mais, segundo recordou, bem pior foi um outro de pau fino que perguntou:
— E aí, gostou do Fulaninho?

Pra começar, é ridículo se referir ao pau com o diminutivo do próprio nome. Merecia ter ouvido "podia ser mais grossinho, né?", mas sabe como é, guerra é guerra, melhor ser gentil. "A-do-rei."

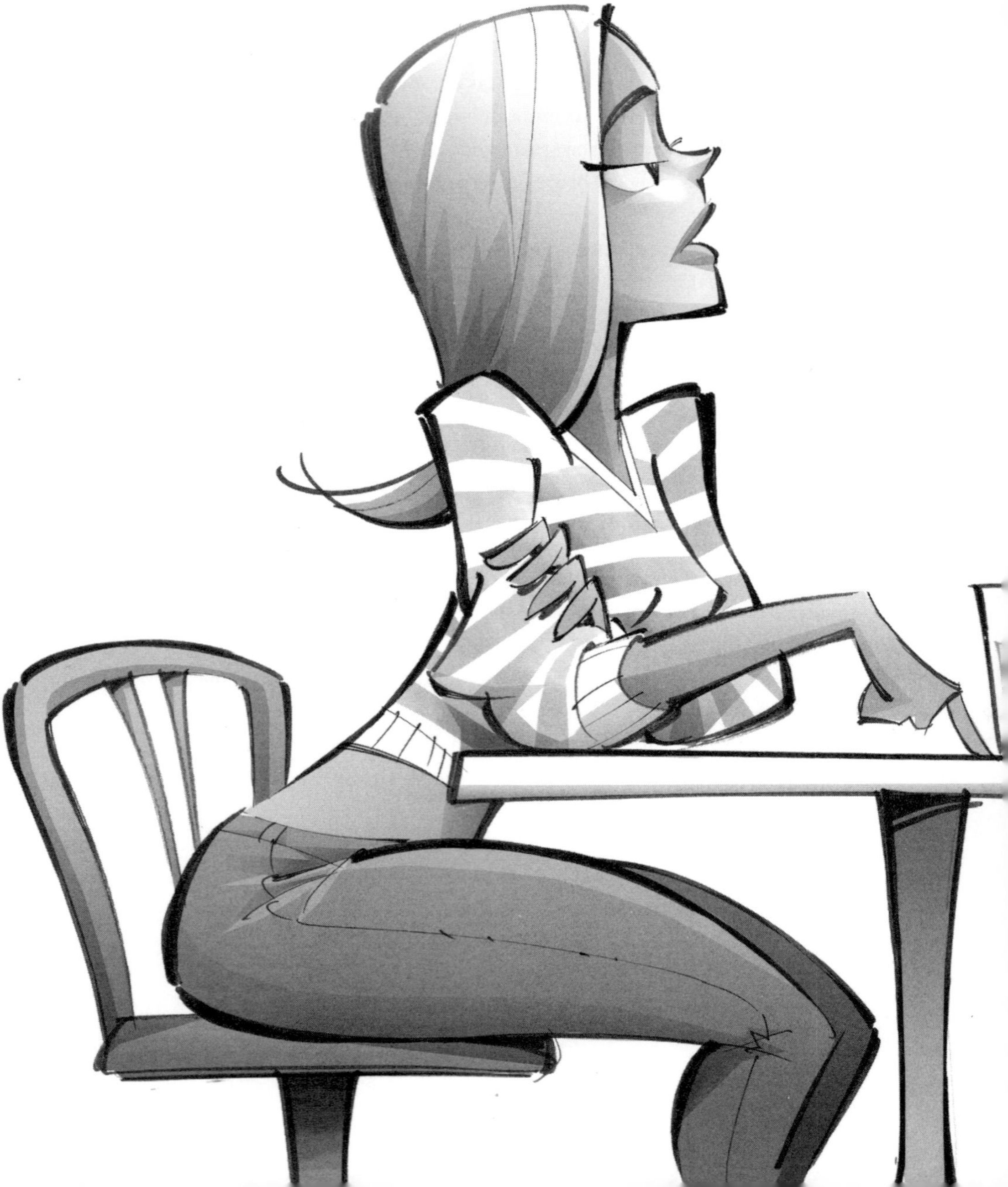

# O FAMOSO NÚMERO DO DESAPARECIMENTO

# O CLÁSSICO DO DESAPARECIMENTO

Minha amiga me mandou essa muito chocada. Infelizmente, aconteceu de ser eu a contar para ela que o número do desaparecimento é um clássico dos mais populares. Contei algumas variações do número já narradas aqui e ela só arregalava os olhos. Por fim, disse a fatídica frase de Ana Paula: "A gente pensa que eles morreram, até deveriam, mas tão vivinhos por aí."

Conheci o palhaço durante um passeio de barco na baía de Guanabara. Parecia o máximo: inteligente, viajado, culto, educado, ótima estampa, solteiro e, segundo ele, disponível. Estava fazendo mestrado em outro país e esperava, muito em breve, voltar pro Brasil. O tempo era curto, ele iria viajar no dia seguinte.

Depois de trocar muitos e-mails, nos quais o palhaço dizia que não via a hora de nos encontrarmos novamente, como ele tinha adorado me conhecer, como eu era interessante, inteligente, bonita etc. Pouco tempo depois, menos de dois meses, para a minha grande surpresa, o palhaço ligou e disse que estava no Rio:

— Vamos nos encontrar hoje mesmo! — disse.

Ligou várias vezes durante o dia só pra garantir o encontro e dizer como estava feliz.

A última vez que nos falamos foi por volta das cinco da tarde. Combinamos de nos encontrar às nove, o palhaço iria me pegar em casa. Ele ligaria, porém, às oito, pra pegar as coordenadas. Deram oito e nada, nove e nada, dez e nada, onze e nada. Para mim, as explicações possíveis eram sequestro, acidente seguido de morte, ataque cardíaco (pobrezinho, tão jovem!) ou perda total de memória (é possível, claro!). Liguei várias vezes pro celular do palhaço e nada. No dia seguinte, outras ligações sem resposta. No terceiro dia me dei conta que o palhaço só podia estar morto. Mas não estava. Vasculhando pela rede descobri que estava no Orkut. Por sinal, tinha uma namorada e a menina morava no Rio.

O palhaço tinha tanta certeza de que meu perfil não combinava com o Orkut, o que é verdade, que nem teve o cuidado de ocultar os fatos. No dia do furo, saiu com a namorada e os amigos e haja histórias posteriores de sua diversão na Cidade Maravilhosa. Uma semana depois, recebi um e-mail da criatura dizendo que perdeu o celular naquele dia e não tinha como me encontrar, como estava triste, como desejava me ver etc. Não respondi, já tinha me dado conta de que ele tinha nascido pro picadeiro. Depois de alguns telefonemas dele que não atendi, resolvi que tinha que fazer o palhaço pelo menos tombar no picadeiro. Respondi a última ligação e disse que já que ele não tinha sido sequestrado, nem morto em acidente de carro, tampouco sofrido um ataque cardíaco ou perdido a memória, só me restava mesmo desejar que tivesse uma boa vida, mas que antes fosse pra casa do caralho.

Nunca mais ligou, mas de vez em quando o vejo pela noite carioca, sempre pendurado em alguma garota diferente. Pobre namorada!

## A VOLTA DOS QUE NÃO FORAM *OU* PARA ONDE VÃO OS PALHAÇOS QUE SOMEM?

O primeiro que sumiu disse que ia comprar cigarros e nunca mais voltou. Com o tempo as desculpas ficaram melhores (ou piores): festa na casa da irmã na Vila Militar; curso de imersão do Banco do Brasil; churrasco da prima; serviço na Marinha... A lista segue extensa. Quem nunca ouviu uma desculpa dessas seguida de um sumiço de deixar qualquer mágico boquiaberto?

Mais intrigante que a relação de desculpas (o sumiço em si até já virou lugar-comum) é a questão: para onde vão os palhaços que somem? Para qual buraco negro do Universo eles são sugados? Deve haver um mundo paralelo — um circo, decerto — onde eles passam o resto de suas vidas.

Imagino que em um futuro próximo os cientistas estudarão o fenômeno do "desaparecimento do palhaço", mas já tenho uma teoria (e acho que a pesquisa a confirmará): estes palhaços que somem sem deixar vestígios, que inventam desculpas idiotas pra evitar a dispensa mais dura, porém honesta, que eles querem nos dar, na minha humilde opinião, estes palhaços, TODOS os palhaços, vão pra puta que pariu!

## IH, EU JÁ VI ESTE FILME...

O número já é batido: sumiço do palhaço. Mas é o tipo da coisa que, justamente por "acontecer nas melhores famílias", merece ser comentado sempre pra ver se os palhaços tomam vergonha na cara e ensaiam outros espetáculos.

"Um rapaz me conheceu. Correu atrás do meu telefone e alugou algumas amigas tecendo altos elogios à minha pessoa, espalhando que estava interessado em mim e quanto nós combinávamos. (Não vou negar que também achei isso.) Passou a me ligar TODOS os dias e dizia que eu era "o rosto que faltava nos seus sonhos" (logo pra mim, que sempre sonhei demais...). Insistiu em conhecer meus pais e, em tom de confidência, revelava-me que queria constituir família e que minha mãe fosse sua amiga, não sogra. Falava com ela quase todo dia também.

# Dicionário Ilustrado de Palhaços

**PALHAÇO PERFIL DO CONSUMIDOR**
*É um palhaço de pouco conteúdo. Em geral, ele acaba de conhecer você e começa um questionário pseudointelectual do tipo: "Qual seu escritor preferido?", "E o seu Beatle preferido?", "E o seu filme favorito?" Recomenda-se estar de porre para aturar palhaços assim.*

# Dicionário Ilustrado de Palhaços

**PALHAÇO PINÓQUIO**
*Esse palhaço, por razões que desconhecemos, não pode mentir. Ou não consegue. Ele é suuuuper sincero, suuuuper verdadeiro em níveis que beiram a joselitice. Algo na linha: "Olha, eu fiquei com você, você é legal, mas eu tenho que ir pra casa porque tenho uma filha pequena."*

Como era médico, me deu (sem eu pedir) um jaleco com seu nome bordado, me emprestou fotos (uma de bebê, uma ainda adolescente e uma na formatura ao lado de sua família) para eu mostrar à minha mãe, além de três livros. Tudo isso no mesmo dia que ele me levou pra conhecer sua mãe — que sofreu um AVC e está apenas consciente, totalmente dependente do Homecare (ou seja, quase à beira da morte).

Ao me apresentar, perguntou à mãe se ela tinha gostado de mim e, enquanto ela, com muita dificuldade, mexia positivamente a cabeça, ele afirmava, carinhosamente me abraçando:
— Ela é pra casar, não é, mãe?

Imaginem a cena... Também me apresentou a avó, me levou ao seu sítio, apê etc. e tal.

Ah, e me deixava um pouco na mão. Alegando cansaço e estresse, deixava de sair comigo e — pasmem! — também, com certeza, não saía de casa. (Não, ele não ia pra gandaia). O sexo, diga-se de passagem, era muito bom para ambos.

Ele me mandava e-mails apaixonados e vivia fazendo declarações. Conquistou os meus amigos e todos começavam a jurar que estava se iniciando uma linda história de amor. (Até porque eu sonhava com isso também, né?) Tanto é que quando ele sumiu, eles ficaram mais surpresos e preocupados do que eu... (Hoje acho até um pouco engraçado.)

É... A pior palhaçada, a mais inconsequente, a mais gratuita: sumiço total. Não, não, a mãe dele não morreu (e antes que achem que pode ter sido o pai, ele já havia falecido). Não, nem e-mail ele me mandou. Não respondeu nem mesmo as mensagens preocupadas das nossas amigas. E tudo começou quando num sábado à noite e domingo de manhã liguei pra seus três telefones (todos com identificador de chamadas) e ele não me retornou, coisa que nunca tinha acontecido antes. (Humpf...Também nunca mais tentei encontrá-lo.) Isso porque na sexta anterior, mais linda, apreciada e cheia de disposição do que nunca, euzinha, sua namorada (ainda era?), estava livre pela noite (livre = sem a presença dele, sem ao menos um telefonema, sem nada). Não havíamos discutido e a última vez que nos falamos eu nem imaginava que não iria mais se repetir.

Um dia desses minha mãe falou pra eu mandar as coisas dele pelo correio. E ainda gastar dinheiro com o palhaço? Nananinanão!
Fiquei magoada. Palhaçada."

Cada vez que eu tomo conhecimento de um "espetáculo" destes, eu penso: "Por que os homens insistem em fazer este tipo de palhaçada? O que será que acontece na mente deles?" Acho que eles não fazem ideia do quanto isso nos magoa. Não é possível!

## POR QUE ELES FAZEM ISSO?

Esta é a pergunta que não quer calar. E me lembrei da conversa que tive há pouco tempo com uma amiga:
Ela: — Estou saindo de novo com o R., aquele do pau enorme.
Eu: — Um que tinha sumido?
Ela: — Ele mesmo, apareceu de novo. A gente se encontrou num festival de cerveja.
Eu me lembrava da história. O palhaço levou minha amiga pra dormir em casa, apresentou à mãe, ao pai, ao cachorro, ao gato e ao papagaio e depois tomou chá de sumiço.
Ela: — Pois é, mas ele é só pra comer. Não quero mais nada dele. Só não entendo uma coisa: ele me liga umas três vezes na semana, até eu concordar em sair com ele. Depois some de novo. Depois reaparece e me liga direto. Por que ele liga tanto? Eu só quero dar pra ele também...
Só pra contextualizar: o palhaço tem 30 anos e até hoje só teve uma namorada. Foi chifrado e ficou traumatizado. Minha amiga acha que o mau comportamento do rapaz é porque ele ainda gosta da moça. Como ela me perguntou, eu tive que responder. Meu diagnóstico é que o bruto está a fim de marcar território, mas não quer configurar um compromisso. Por isso ele liga pra garantir a comidinha, e depois dá um sumiço básico pra não se comprometer. Parece óbvio, mas eu mesma demorei pra entender isso. Foi Roberta Carvalho, aliás, quem me esclareceu. O ponto que ainda ficou obscuro para mim e para minha amiga é o seguinte: se eles só querem sexo, por que são tão carinhosos, solícitos e atenciosos? Nós, quando não estamos muito a fim, não demonstramos tanta afetividade. Ou a gente gosta e quer ficar com a pessoa, ou então cagamos e andamos. Pra gente não existe o meio-termo, mas acho que pra eles, sim. O motivo? Vocês já sabem...

## PALHAÇADA MOMESCA

Tudo bem, a gente sabe que carnaval não é o melhor momento para se começar um namoro, caso ou qualquer coisa que o valha, mas se o palhaço insistir, disser que você é a mulher da vida dele, apresentar você para os pais e tal, dá até pra acreditar, certo? Errado. Minha amiga acreditou e acabou sendo espectadora de mais um deprimente showzinho circense.

Eles se conheceram no pré-carnaval, em um churrasco de amigos. Mantiveram contato durante a semana e ficaram de se encontrar no sábado. No dia combinado, minha amiga liga pro palhaço. Ele disse que estava no desfile do bloco Simpatia é quase amor em Ipanema e fala para ela encontrá-lo lá. Já em Ipanema, minha amiga liga de novo pro palhacinho.
— Oi. Já cheguei. Estou em frente ao bar tal.
— Oi. Olha só, encontrei umas amigas e vou ficar um pouco por aqui. Depois a gente se fala.

Vem cá, o que leva um cara a fazer uma mulher sair de casa pra vê-lo e depois dizer que "encontrou umas amigas e vai ficar um pouco por aqui"?!?! Se não queria ver a mulher de novo (pelo menos no período do carnaval), não marcasse nada, ora bolas! Claro que depois ele fez o número do desaparecimento. Deve estar até agora na Praça General Osório cantando o samba do Simpatia com as amigas.

## O CLÁSSICO NÚMERO DO PALHAÇO POLÍTICO

O casal está no maior amasso no carro, "vou te isso, vou te aquilo, tu é mó gostosa". A empresária circense, apesar de descolada, às vezes é crédula. "Então vamos embora que eu quero você."
— Hoje não dá. Eu nem imaginei que ia rolar isso entre a gente, senão tinha reservado um flat. Ai, caralho. Esse bruto nunca ouviu falar em motel?
— Então vamos pra sua casa — disse a brasileira que não desiste nunca.
— Eu moro com meus pais. Mas amanhã vou te comer muito. Vou te fazer isso e aquilo...
Moça fina, educada, nem sequer deu-lhe o devido esporro. Como o espetáculo era manjado, ela se resignou.
— Ah, tá. Tudo bem então, até amanhã — se recompôs e entrou.
Quando já estava indo dormir, recebeu uma mensagem no celular: "Você é um tesão." Moça fina, mas muito fina mesmo, ela não respondeu "se eu fosse um tesão, tu estava me comendo agora", simplesmente ignorou.

Agora me conta, Jacaré comeu no dia seguinte? Nem ele. Mandou um torpedo que tinha um almoço de família ou lorota que o valha.

## MAIS UM CLÁSSICO

Não sei por quê, não sei se é medo de carma, espírito obsessor, encosto, coisa de cromossomo Y ou genuíno espírito circense mesmo, mas o fato é que homem não termina relacionamento. Eles vão desgastando, minando, sabotando até o negócio ficar tão ruim que a mulher toma a iniciativa e termina.

Um conhecido meu fez esse papel e ainda me contou orgulhoso como tinha sido hábil em destruir o namoro de dois anos. Quando perguntei o motivo ele me disse:

— Ah, mas ela nunca vai poder dizer que eu terminei com ela.

É, ela vai poder dizer que ele é um babaca covarde. Enfim, deve fazer sentido no mundo masculino.

Bom, o espetáculo de hoje foi protagonizado pelo irmão de um amigo meu. Ele me disse que se começar a contar as peripécias do mano teremos história pra anos de HTP. E o melhor (na verdade, é pior) é que ele conta as palhaçadas pra família orgulhosíssimo de ser palhaço. Essa é bem ilustrativa. Vamos lá.

O palhacinho queria terminar o relacionamento, mas não tinha coragem (quem nunca viu esse espetáculo? Quem nunca foi vítima dele?). Marcou de sair com a namorada no sábado à noite. Festa de amigos em comum. Ela, generosa, passou de carro pra pegá-lo em casa. Desce o bruto. Calça listrada, camisa florida, meia roxa, tênis amarelo. Para falar a verdade, não lembro a combinação exata do modelito, mas era algo no estilo. Ela se assustou, mas, educada, não disse nada. Ele percebeu o olhar de susto, ficou esperando, mas nada. Madura, ela não se importou com o arroubo cromático do mancebo. Ele não fez por menos.

— Oi, amor.

— Oi. Você acha que esta roupa está boa pra eu ir à festa?

— Você que sabe. Se você está se sentindo bem, então está bom, mas se quiser trocar eu espero.

— Ah, agora vai querer mandar nas minhas roupas?! Não posso nem me vestir do jeito que eu quero? Não dá!

E com essa performance saiu do carro batendo a porta, voltou pra casa e não atendeu ligações da moça. Ofendidíssimo, terminou o relacionamento sem conversar.

## Dicionário Ilustrado de Palhaços

**PALHAÇO PIQUE-ESCONDE**
*Ele marca de sair com você e... não aparece! Ele liga chamando para almoçar e... não aparece! E, é claro, sempre desliga o telefone depois do sumiço. Aí ele conta até cem, mil ou cinco mil e como você — obviamente — não o encontra, ele surge, com a maior cara de pau do mundo dizendo: "Ih... esqueci." Ver também* Palhaço de Monte Cristo.

## PALHAÇO DE CARNAVAL

Alalaôôô... Mas que calôôôr... Estava atravessando as ruas da Lapa em pleno carnaval. Cervejota em uma mão, dedinho pro alto, em ritmo de samba... mas que calôôôr... e estava aquele grupo de amigos superanimado, todo mundo mais pra lá do que pra cá... Um fervo! Até que um bruto se aproxima, puxa papo e diz que está tudo muito bom, que está tudo muito bem. E cervejota vai e cervejota vem... E ele se mete na conversa que estava rolando na mesa e vai se aproximando e pergunta daqui e pergunta de lá e pede telefone e troca telefone. Mas o teor alcoólico já estava ali ó, no topo. Dei dois beijinhos e parti.
Então deu aquele "efeito borboleta" e no dia seguinte eu me lembrava só de uns flashes... Ui, que dor de cabeça!
Isso em fevereiro, né?
Passaram março, abril, maio, junho, julho. Em agosto, toca o telefone:
—Alô?
—Oi... Nara?
—Sim...
—Aqui é o Fulano...
—Fulano? De onde?
—Do carnaval, lembra?
—Carnaval?
—É, na Lapa. Lembra?
E roda o HD. Volta julho, junho, maio, abril, março, chega fevereiro... Carnaval, carnaval, Lapa, Lapa... Ui!
—Olha, lembro vagamente.
—É, a gente trocou telefone, então, liguei...
Vocês conseguem visualizar a minha expressão?
—É... Você ligou... Alguns meses depois, mas ligou...
—Então... você tá livre hoje?
—Olha, sabe o que é? Você me pegou no meio de uma reunião...
—Quer que eu ligue depois?
NÃÃÃÃÃÃÃÃÃÃOOOOOOOOOOOO!
—Então... É... Me liga depois, tá? Beijo...
Salvei o número no celular com o nome "Não atender".

## E QUEM PAGA A DEPILAÇÃO?

Eu acho muito honesto homens que jogam limpo e dizem: "Olha, querida, eu gosto de você, adoro conversar com você, mas quero mesmo é te comer." Zero de glamour, dez de objetivi-

dade. Estou citando esse exemplo a grosso modo pra explicar que há homens que são comedores, galantes, que te fazem propostas indecentes e... bingo! Cumprem tais propostas.
O que me irrita, e irrita muitas mulheres em geral, são os tipos metidos a "comedor" que são dez de glamour e zero de objetividade e, consequentemente, zero de sexo.
Vejamos a história de E.
E. estava à toa na vida, empurrando com a barriga um namoro que não estava bom. Sim, essa é uma história de adultério. E não me venham com o papo "blá-blá-blá mereceu porque ia botar chifre no namorado". A questão aqui não é trair e coçar. É a incompetência de determinados tipos masculinos que se julgam, hummm, "comedores".
A história é longa e esqueci os detalhes. Mas, bem resumidamente, depois de idas e vindas, e-mails e telefonemas os dois combinaram um drinque, ou seja, sexo, em dia devidamente agendado e documentado. Ela, uau!, correu para a depilação, fez barba, cabelo e bigode... Fez as unhas... Passou uma semana à base de sopa pra ficar nos trinques, passou hooooooras escolhendo a roupa e, no dia marcado, estava radiante, sem pelos, cheirosa e perfumada.
A questão que se colocava é: eles tinham combinado o drinque, o dia, mas não a hora e o local... *Well*, a que horas ligar? Duas da tarde é cedo... Três também...
E. ligou às seis. Caiu na caixa postal. Deixou recado. Esperou. Ligou às sete e meia. Caixa postal. Ligou às oito e meia e desistiu. Foi beber com amigos.
No dia seguinte, às cinco da tarde ele ligou:
— Oi, tudo bem? Foi mal ontem. Esqueci o telefone no carro.

Huuuummm... Em algum momento ela queria dar e ele queria comer. E tudo foi combinado. E ela fez a maior produção. E ele... esquece o telefone no carro???
Faça-me um favor. Uma performance nota zero, vergonhosa, um embaraço para a categoria masculina. E ligar no dia seguinte, de tarde, com essa desculpa esfarrapada?
Ô rapá... seja homem!
E agora, quem paga a depilação???

## PALHAÇO INSUSPEITO

Talvez seja o pior tipo de palhaço porque te pega desprevenida. Conhecido de algum conhecido seu há anos, não registra em sua ficha nenhuma palhaçada vultuosa e todos, inclusive seu melhor amigo, se surpreendem com a atitude de moleque do cara.
Topei com um tipo desses.
Acompanhe a cronologia do espetáculo.
Quarta-feira: Eu e o palhaço nos conhecemos. Ficamos. É bom, muito bom, para ambas as partes.

# Dicionário Ilustrado de Palhaços

**PALHAÇO POLÍTICO**
*Esse só promete: "Vamos casar...", "Vamos ter filhos...", "Vou fazer isso, aquilo..." Não preciso nem dizer que tudo fica somente na promessa e ele acaba perdendo sua credibilidade e seu voto.*

Quinta-feira: O palhaço pede meu telefone para a namorada do seu melhor amigo, minha amiga. Liga pro meu celular quando ainda estou no trabalho porque está com saudades e não ia aguentar esperar até a noite. Liga à noite novamente. Conversamos por horas. Detalhe: ele é de outro estado.

Sexta-feira: Papo animado ao telefone *again*.

Sábado: À noite, três horas seguidas ao telefone.

Domingo: Várias ligações durante o dia porque a ex-namorada maluca (vamos chamá-la de mulher barbada que é mais conveniente) descobriu o possível relacionamento e faz chantagem emocional. O palhaço dá uma balançada, começando a colocar a maquiagem.

Segunda-feira: O palhaço, já de rosto pintado, não liga.

Terça-feira: Ligo pro palhaço. O papo segue normal.

Quarta-feira: Sem telefonemas. Eu não sabia, mas o palhaço já estava até vestido.

Quinta-feira: O palhaço liga pro meu celular no horário do meu trabalho. Me chama carinhosamente de "pequena" e pega o número da minha empresa e pergunta se tem problema ligar pra lá outro dia. Digo que não. O número "demonstrando interesse" já faz parte do show do artista e eu nem desconfiava.

Pronto. Esse foi nosso último contato. Depois disso, as luzes iluminaram o picadeiro central e o palhaço deu seu show: sumiu por mais de uma semana!

Liguei pro artista na sexta, no sábado e no domingo, sem conseguir falar com ele. Na última tentativa a ficha caiu: ele não atendia meus telefonemas deliberadamente.

Deixei um recado na secretária da casa dele dizendo que só queria uma explicação do que estava acontecendo, que não ia procurá-lo mais. Nem assim o bruto me retornou. Como havia mais uma personagem no show (a ex-namorada maluca) e eu tinha informações de fontes seguras de que o bruto não era dado a esses espetáculos, fiquei sinceramente preocupada. Segundo esta mesma fonte, não seria de estranhar se a mulher barbada atentasse contra a segurança do palhaço.

Fiquei mais calma quando o sumiço completou uma semana. Pensei: se ele estivesse morto em casa, o corpo já estaria fedendo, e os vizinhos, incomodados com o futum, já teriam chamado a polícia ou os bombeiros. E se mulher barbada tivesse atentado contra ele, era provável que estivesse preso, imobilizado e com os dedos quebrados porque, convenhamos, ele poderia ao menos ter me mandado um e-mail...

Relaxei e comecei logo a pensar em uma história pro *HTP*. Afinal, para alguma coisa o palhaço ia me servir.

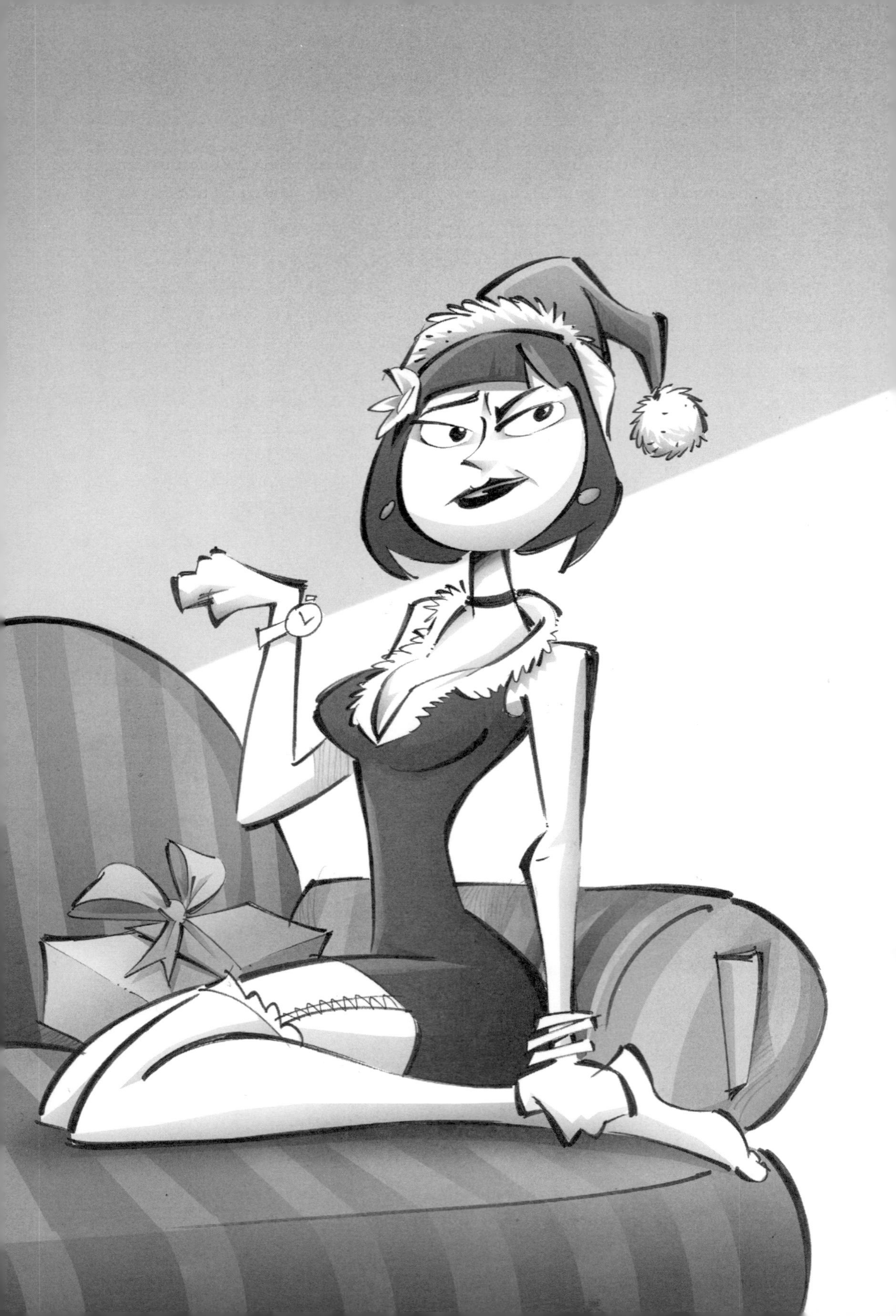

# TODO DIA É DIA DE CIRCO

## QUANTO RISO, QUANTA ALEGRIA, MAIS DE MIL PALHAÇOS NO SALÃO...

Fim do carnaval, e o picadeiro bombou. Carnaval, essa festa pagã, da carne mesmo, é a época mais palhaça do ano. Porque se os palhaços já brilham no cotidiano, imaginem nesses quatro dias de subversão da ordem em que "vale tudo porque é carnaval"?

Palhacinhos vestidos de bailarina, palhacinhos vestidos de palhaços, palhacinhos sem fantasia... Ai, ai... As ruas e os blocos estavam repletos deles. E foi justamente num bloco que o Palhaço Alvinegro deu as caras. Passo agora a contar pra vocês, leitores e leitoras, a história que uma amiga me relatou.

Tudo começou assim: a moça conheceu o tal palhaço no bloco. "Mamãe eu quero" pra lá... "Mamãe eu quero" pra cá... E os dois se pegaram no "Deserto do Saara". Depois de muito "alalaôôôô", claro que tudo terminou entre lençóis. Segundo ela, o moço é tudo de bom na alcova. Bem-dotado, cheiroso, carinhoso. Um Palhaço Cinderela! Daqueles que olham no fundo dos olhos e dizem:

— Nossa, que bom te conhecer e agora... Estar aqui com você...

E tudo isso seguido de um suspiro... Lindo, né?

Mas como vocês sabem, Palhaços Cinderela não podem dormir. Mas esse até que acordou bem. Providenciou um bom café da manhã, bateu um papinho, deu toalhinha cheirosa pro banho da donzela e ainda combinou de pegar a moça para os dois verem o clássico que rolaria mais tarde no Maraca.

Tudo combinado: "Ó, te ligo e passo na sua casa tal hora..." E a mocinha foi trocar de roupa, se perfumar, dar um trato pra esperar o palhacinho alvinegro (ah!... O clássico era Botafogo e Vasco). Na hora combinada ela ficou esperando o rapazola chegar e... ficou esperando... Esperando... Esperando... Esperando... até hoje ele não apareceu.

Por quê?

Alguém sabe?

Além de Cinderela, o Palhaço Alvinegro é também PALHAÇO PIQUE-ESCONDE... Porque o rapazola NÃO APARECEU!!!

Assim, não foi, não ligou, não apareceu, sumiu, escafedeu-se.

A moça então partiu pra outro bloco.

Vamos analisar a situação: se o cara queria só comer a moça, logrou êxito. Era mais do que óbvio que os dois estavam a fim de copular. Ele podia ter feito o básico, né? Sexo gostoso, papinho, pegar o telefone, mandar aquele clássico "A gente se fala" e sumir no mundo. Agora, marcar compromisso??? Pra quê??? É uma versão aprimorada do "A gente se fala"? É o "A gente se fala 2.0"???

Palhaço sem classificação. Nota 0. Vaia pra ele: Úúúúúúúúúúúú!!!

## O CIRCO NÃO PARA

Uma moça sem sorte estava namorando há pouco tempo. Como o Dia dos Namorados caiu num feriadão, ela estava louca pra fazer uma viagem, ainda mais quando o cara disse que eles teriam um programão no feriado. Ela logo começou a imaginar Penedo, Friburgo, vinho em frente à lareira etc. Resolveu parar de sonhar e perguntar qual seria o programão. "Jogaço do Fluminense", ele respondeu. O namoro acabou, óbvio.

## PALHAÇO DE DIA DOS NAMORADOS

Outro dia, discutindo as palhaçadas com umas amigas, uma delas disse que eu encontrava tantos palhaços porque tenho predileção por homens mais novos.
Argumentei que é mais fácil aturar um espetáculo circense de um jovem palhacinho do que de um rodado, afinal, o segundo já devia ter aprendido como se comportar. Bom, além do mais, homem é tudo palhaço, não importa a idade. Prova disso foi o diálogo que presenciei no Dia dos Namorados.
Eu estava no metrô, acomodada naqueles bancos do fim do vagão que ficam de frente um pro outro. Casal de meia-idade sentado no lado oposto conversa e escreve, parece que fazem uma lista de compras. O papel está apoiado sobre uma bíblia, e é a mulher quem escreve.
— Ah, eu ainda sou sua namorada, não sou?
— Claro — responde o coroa meio rindo.
— Então o que você vai me dar de presente?
— Você não viu o presente que deixei pra você em cima do fogão?
— Não. Você deixou um presente pra mim? O que é?
— Um vidro de chumbinho. O cara tava vendendo na feira e comprei — disse o velho pândego, com um sorrisinho maroto tipo "Te sacaneei na frente de todo mundo".
— Ah, então deixou no lugar certo: na hora que eu for colocar seu prato boto na sua comida — retrucou a mulher sem se abalar.
O palhaço, passado, mudou de assunto.

---

### MINUTOS DE SABEDORIA
*"Aaaaahhh ... os sinais ..."*

# Dicionário Ilustrado de Palhaços

**PALHAÇO PROCON**
É aquele que demanda uma superprodução — unha, buço, depilação, roupa nova —, dando sinais claros de que você e ele terão uma noite incrível regada a jantarzinho romântico, amassos no carro e sexo tórrido. Só que na hora do "vuco-vuco", o bruto mal paga uma pizza e um guaraná, leva você para um motel de quinta e ainda é ruim de cama... Isso quando ainda liga, em vez de desaparecer simplesmente! Cem por cento propaganda enganosa.

## PALHAÇO VIGILANTE DO PESO

Fui pro desfile do Cordão do Bola Preta com meu tradicional chifre de diaba de látex, adereço que me acompanha há pelo menos três carnavais. No meio da confusão, ouço uma voz masculina dizer:
— A diabinha precisa de uma dietinha...
Palhaço! Deve ser mais um daqueles anormais que preferem as sílfides. Não gostou da minha exuberância, não olha, pô! O comentário foi puro despeito porque, antes de soltar essa pérola de insensibilidade, o malandro ficou mexendo comigo e eu não me dei ao trabalho de me virar pra ver quem me chamava. Não preciso nem dizer que desejo do fundo do meu coração que o pau dele gangrene, né? E volto a avisar aos incautos que teimam em me provocar: praga da puta, Deus escuta.

## PALHAÇO DE PÁSCOA

Ela entrega o ovo de páscoa pro namorado.
— Ô, amor, obrigado. Nem comprei nada pra você, não sabia que ia ganhar...

Então é assim? Palhaço só compra mimo pra namorada se souber que também vai ganhar?
Ela nem queria ganhar chocolate. Como toda mulher, acha sempre que está acima do peso. Nem esperava nem fazia questão de nada. Comprou porque gosta de dar mimos pro bruto. Mas ele que não precisava dizer isso, né? Por que não disse só: "Obrigado! Eu nem esperava ganhar nada"? Ah, esses palhacinhos, sempre com o clássico "não precisava..."

## PALHAÇO PAI

Meu pai é meu primeiro palhaço, minha maior referência no gênero, aquele que ocupa meu picadeiro desde minha mais tenra infância. Vira e mexe ele dá um showzinho para a família. Já teve até o especial de Dia das Mães.

Minha mãe, que chora até vendo comercial de sabonete, recebeu uma telemensagem de Dia das Mães da nossa faxineira. Ok, a parada é muito brega, ela jamais receberia um presente desses de mim, mas a velha gosta dessas coisas e ficou emocionada com a lembrança da empregada. Minha mãe chorava com o telefone na mão, quando meu pai chegou:
— O que foi?
— D. ... me mandou uma mensagem linda...
— Porra! Que palhaçada! E vai chorar por causa disso???
Minha mãe chorou mais ainda, agora toda sentida com a grosseria do Arrelia. Depois, ele veio todo manso, deu parabéns pelo Dia das Mães (que muito certamente ele tinha esquecido) e ainda ficou todo interessado ao saber que vamos fazer uma festinha de aniversário pra ela mês que vem. Depois que dá o espetáculo, o palhaço fica doido por aplauso.

## O DESMEMORIADO QUE QUERIA NAMORAR

Estava saindo com um brutinho há uns dois meses. Já tinha deixado claro que gostava de estar com ele, mas não queria namorar. Chegou o Dia dos Namorados. A gente sempre se via às quartas e a data caiu justamente em uma. Ele disse que queria me ver. Concordei deixando claro que continuávamos não sendo namorados, que não seria uma comemoração, que íamos nos ver como sempre nos víamos e tal... Com ele era preciso deixar as coisas sempre claras. Chego à casa do bruto e ele tinha comprado queijos e frios, pastinhas, pãezinhos legais e vinhos. Além de toalha de mesa, copos e apetrechos adequados (eu já tinha esculhambado que ele habitava um cafofo sórdido). Comemos e bebemos uma garrafa de vinho. Ele perguntou se eu queria o outro vinho, respondi que não pois já estava meio "bebadazinha". Ele insistiu, eu acabei concordando, mas como não estava muito a fim, ele acabou bebendo a garrafa praticamente sozinho.
Fomos pro quarto, estamos lá e tal e no meio da transa ele para de repente.
— Que foi?
— Para tudo.
— Que foi? O que aconteceu?
— Não lembro seu nome.
Claro que fiquei puta. Tudo bem que ele foi sincero, mas porra! Esqueceu meu nome!!! Como queria namorar comigo se não lembra como me chamo? Devia ter levantado e ido embora, pra nunca mais voltar. Mas, como já estava ali, tentei deixar pra lá e recomeçar. Foi pior ainda, o estrupício broxou e dormiu. Para piorar não consegui dormir com o palhaço bêbado roncando. No dia seguinte perguntei por que ele tinha bebido tanto. Ele disse que queria exibir as taças de vinho novas. Puta que pariu!
Não preciso dizer que esse rolo não foi longe... Aliás, foi muito mais longe do que devia ter ido.

## PALHAÇO DA VIRADA

Reveillon tem aquilo de estourar champanhe à meia-noite em cima de todo mundo. Na verdade, estourar sidra porque só piloto de Fórmula 1 desperdiça champanhe de verdade.

Quando se está entre família ou amigos, você dá o primeiro esporro do ano no palhaço (ou no imbecil) que fez a brincadeira sem graça de molhar você com a bebida doce, fedida e propícia pra manchar roupas brancas, ainda mais se for rosé e não brut. Mas e quando se está em lugar público? Não falo de estar no meio da areia da praia de Copacabana porque ali eu sou capaz de me jogar embaixo de um chafariz de sidra de maçã só pra não arrumar confusão com ninguém. Se a porrada estourar no Posto 6 vai ter confusão até o 8 porque a quantidade de gente que tem lá dá pra alimentar briga por mais de uma hora. Enfim, quando o lugar público que falo é um restaurante maneiro, com todo mundo de roupinha nova, uma festa bonita, cara, onde é servido um bom vinho espumante natural nacional famoso (não quero fazer propaganda de graça, mas se a Chandon mandar um caixinha de espumante pra mim, eu digo a marca). O que se deve fazer com o palhaço que molha todo mundo com o tal espumante nacional de excelente qualidade?

De primeira, fiquei tão passada que não entendi o que tinha acontecido. Mas, sim, amigas, um palhaço tinha repetido o gesto que tantas vezes Senna fez nos pódios e chacoalhou uma garrafa de espumante pra molhar todo mundo ao redor dele, mais especificamente eu e minha família.

Não esperava que ninguém pudesse ser tão sem-loção a ponto de jogar bebida em quem não conhece. Como sou tola... Tem palhaço pra tudo.

Depois, me subiu uma raiva... Minha vontade era voar pra cima dele e fazê-lo sorver cada gota desperdiçada esfregando seu focinho (ops, seu narizinho vermelho e redondo) no chão e nas mesas ensopados, mas me controlei. Afinal, era réveillon. Renovei minha esperança na humanidade e segui confraternizando com minha família pra depois ir ao banheiro me enxugar.

Se o palhaço acha que banho de espumante traz sorte no Ano-novo, ele deve virar a garrafa na própria cabeça, não acham? Porque, quando ele sacode o espumante na direção dos outros, naquela megapunheta com a garrafa, não cai uma gota da bebida sobre ele. Nossa mesa ficou encharcada, assim como as câmeras digitais e os celulares que estavam sobre ela.

Ainda soube que o palhaço, apesar de estar acompanhado da mulher que ele explorava, segundo o olhar experiente de uma prima, ficou lançando olhares lascivos pra uma outra prima. Palhaço com complexo de piloto de Fórmula 1 e ainda metido a garanhão! Que talento!

# REFLEXÕES
## DIÁLOGO CIRCENSE COM UM PALHAÇO COMPLICADO

— Por que você tem três prateleiras de maquiagem?
— Oi?
— Você tem três prateleiras de maquiagem! Para que você precisa de três prateleiras de maquiagem?!
— Não são três prateleiras de maquiagem, são três prateleiras de produtos de *beauté*. Tem creme, perfume, hidratante, esfoliante. De maquiagem é só essa maleta aqui – disse a paciente Dona do Circo, tirando a maleta para mostrar ao palhaço, enquanto segurava o riso.
— Só isso? E você acha pouco?
— E você acha muito?
Bom, no meu tempo, os homens gostavam de mulheres que se cuidam.

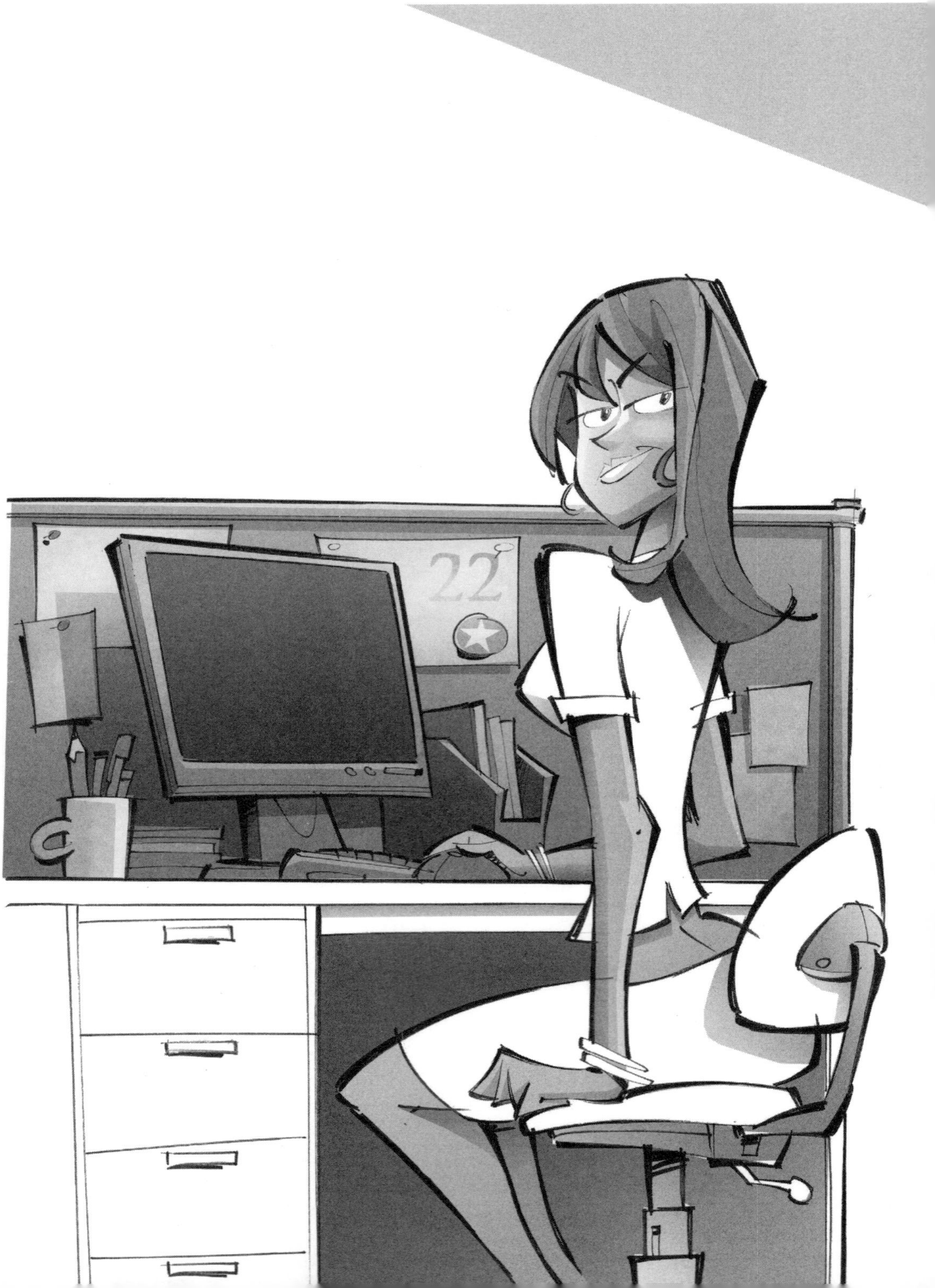
22

# TAMBÉM TEM PICADEIRO NO TRABALHO

## PALHAÇO NO TRABALHO?

O ideal é você dar em cima da sua colega de trabalho no próprio ambiente de trabalho. Melhor ainda quando faz isso soltando cantadas baratas mesmo sabendo que ela é casada. E tudo fica ainda mais gostoso quando você, além de falar, manda e-mail. Mas a cereja do sundae chega quando você, com o intuito de agradá-la, dá a ela uma casinha feita de palitos de picolé.

"Um mimo", como ele mesmo classifica.

Não há quem possa.

## O PALHAÇO APOSTADOR

Ele vai me contar como perdeu a câmera fotográfica:

— Apostei com um amigo quem comia a estagiária primeiro.

E completa pra se redimir da palhaçada (como se isso fosse possível):

— Perdi por dois dias.

Só um palhaço pra apostar uma câmera em uma coisa tão fácil...

## EX-CHEFE PALHAÇO

Todo chefe é tarado pela estagiária. Nos meus tempos de estagiária, tive um chefe que, além de tarado, era abusado. No seu último dia de trabalho, ele me "ameaçou":

— Duvida que eu te dê um beijo na boca?

— Tenho *certeza* de que você não vai fazer isso...

## UM ESTUDO SOBRE O PALHAÇO DA REPARTIÇÃO

Comer arroz e feijão todo dia é bom, mas enjoa, né?

De vez em quando é bom ter um bife à milanesa acompanhando ou uma asinha de frango... Quem sabe um purê de batata ou farofinha de ovo...

Esta história começa gastronômica pra ilustrar uma tese. A tese do Palhaço da Repartição (*Homo sapiens palhaçus bobus du trabalhus*).

Essa espécie é abundante na fauna mundial. Ele senta ao seu lado no escritório, portanto, cuidado! O coletivo deles é um horror. Quando se juntam, em geral nas peladas pós-horário de serviço e chopes, fazem listas de "a mais gostosa do andar", "a mais linda do almoxarifado" ou "Top 5 das secretárias". Essas listas, verdadeiros tratados sobre a natureza feminina, circulam entre o universo palhaço com muita discrição, quase a sete chaves, e causam alvoroço entre as mulheres que as levam a sério. Sim, há mulheres que se importam com essas listas. Uma lástima.

Voltando ao Palhaço da Repartição. Seu momento de puro êxtase é a chegada de uma nova funcionária, que causa arrepios, gemidos incontidos, caras de tesão (adoro essa expressão!), idas sorrateiras ao banheiro (quase uma incontinência urinária), ingestão de litros e mais litros de café (caso a moça nova se sente próximo à garrafa térmica) e espasmos de cavalheirismo até nos ogros locais.

Leiam o relato de J., advogada, carioca, 29 anos.

"Eram quatro horas da tarde quando a nova funcionária chegou pra acertar os detalhes no RH. A moça sentou no sofá da recepção e o frenesi tomou conta do andar. Não se tratava de Angelina Jolie ou Beyoncé. Era uma menina bonita, morena, bem-vestida, daquelas que se perdem na multidão. Ok... Era bonitinha, mas nada pra dar início à procissão que aconteceu no escritório. Depois que ela chegou começou uma troca frenética de mensagens pelo MSN e, de repente, todos os meninos ficaram com sede, com fome, com vontade de fazer xixi, de pegar um envelope, de chamar o elevador, de entregar relatórios e, um a um, passavam por ela, como se a pobre estivesse na jaula de um zoológico. Eu tentei beber uma água, mas me senti no Círio de Nazaré. Acho que segurar aquela corda era até mais fácil!"

O relato, presenciado e documentado, descreve um dos comportamentos mais corriqueiros desta espécie palhaça. Ele é seguido, dizem os estudos, de intensa troca de e-mails sobre os atributos físicos da moça em questão.

Esse padrão de comportamento da espécie é comum, segundo relatos de antropólogos que estudam o Palhaço da Repartição. Ainda de acordo com tais estudiosos, após algumas semanas, ou algum palhaço de fato pega a moça e ela descobre que Homem É Tudo Palhaço porque, em geral, o mais galante é sempre o casado, ou ela se mistura na mul-

# Dicionário Ilustrado de Palhaços

**PALHAÇO PROFESSOR PASQUALE**
*Também conhecido como* Palhaço Revisor. *Ele está sempre atento ao uso do português correto quando conversa ou troca e-mails e mensagens com você. Um vigia incessante da crase, da concordância e da regência, tem mania de corrigi-la sempre, em qualquer lugar e situação — e, claro, principalmente na frente dos outros.*

## Dicionário Ilustrado de Palhaços

**PALHAÇO PSEUDOPLATÃO**
*Ele adora filosofar. É cheio de frases de efeito. É um poço de conhecimento da natureza humana, sobretudo da natureza masculina. Defende suas teses com pérolas como: "um boquete e um joguinho de futebol fazem os homens felizes" ou "mulher não gosta de homem sincero". Em geral, a profundidade de seus pensamentos é como piscina infantil: só vai até a canela.*

tidão de arroz e feijão e perde o posto de novidade para a próxima.

## BASICAMENTE PALHAÇO

Ontem na saída do trabalho ouvi uma pérola digna deste circo. Estava indo embora e um dos rapazes que trabalham comigo pergunta para o outro (aparentemente de pouco talento circense) há quanto tempo está casado.

— Nove anos. Mas nem sinto que já tem tanto tempo, alguém deve ter errado na conta.
— Um tempão. Eu não consigo ficar tanto tempo com ninguém. O máximo que consigo são dois anos. Essa que eu fiquei mais tempo, eu adorava, mas no final eu já estava procurando motivo pra terminar, traía...
— É, nós homens não sabemos terminar relacionamento, ficamos arrumando brigas pra ver se a mulher termina.
— Não é isso, eu não queria terminar, mas chega uma hora que enche. É que nem falar ao telefone, se a pessoa começa a me alugar eu desligo.

Silêncio constrangedor pela comparação tão astuta.

— Essa minha namorada atual, estamos juntos há um ano e oito meses. Já não aguento mais ficar com ela.

Gargalhada geral. Se não aguenta, por que não termina?

— Não, gente, eu amo a minha mulher, ela vai ser a mãe dos meus filhos, mas eu já tô de saco cheio dela. Sei lá, isso é meu, eu estudo psicologia, né?

Silêncio totalmente constrangedor entre a tristeza e a vergonha por ele.

Pois é, amigos, ele ama a namorada e ela vai ser a mãe dos filhos dele, mas ele não tem pudor em humilhá-la publicamente, falando dos problemas do seu relacionamento e dizendo que está de saco cheio da coitada na frente de colegas de trabalho com quem nem tem intimidade. Nenhum dos outros três ocupantes do carro é amigo dele, apenas pessoas que convivem profissionalmente.

## REFLEXÕES
### SURREAL

— Eu não posso te comer, você tem *Matéria e Memória* na estante.
— Você reparou nos meus livros?!
— É que eu já li esse livro várias vezes.
— Ai, eu li umas três, mas não entendi nada,
não tem problema você pode me comer.

A argumentação da moça não foi suficiente. No meu tempo os homens queriam comer as mulheres, independente do livro que elas liam.

## CHEFE PALHAÇO

Meu chefe novo é gente boa, mas de vez em quando escorrega. Sabe como é, por mais legais que os homens sejam são todos palhaços e nunca se separam do nariz vermelho.
Nossa seção na repartição tem uma salinha de reunião que mais parece um quartinho de entulho. Mal se consegue sentar à mesa redonda com meia dúzia de cadeiras quebradas em volta, tal a quantidade de tranqueira, lixo e caixas de papelão, sem falar nos dois armários e na estante abarrotada de papel inútil. De minha parte, caguei. Afinal não sou paga pra fazer arrumação, sou jornalista.
Eis que dia desses durante uma reunião, fui fazer um café — por sinal a mesinha com a cafeteira também fica na saleta de reunião/almoxarifado/quartinho de entulho —, quando meu chefe olha em volta e solta a pérola circense:
— É até uma vergonha. Tanta mulher na equipe e essa bagunça na sala. Por que vocês não arrumam, trazem umas plantas, dão um jeito nisso?
Eu, que sou malcriada, boquirrota e velha chata, disparei.
— Eu, hein. E por que você não arruma? — Pronto, as colegas todas aderiram ao motim.
— Fala sério, não arrumo nem minha casa!
— É, não tenho planta pra não dar formiga!
— E por que, só por ser mulher, temos que arrumar? Arruma você!
Vencido e sem argumentos, o bruto apelou para a lógica circense. Meneando a cabeça, e num sorriso contrariado, disse:

— Maldita Leila Diniz!

Claro, não me contive e avisei que ele vinha pro *HTP*. Exibido, todo dia pergunta quando é que vai ficar famoso.

## O TRISTE FIM DO PALHAÇO BABÃO

Me contaram essa história incrível ano passado. Acabei esquecendo, deixando passar, mas ela ficou me rondando a cabeça pela surrealidade. No entanto, hoje acordei decidida a levar ao conhecimento do mundo tamanha palhaçada.

Nossa heroína deve ter uns 22 anos, no máximo. Não é linda, não tem corpo de modelo, não é nada sobrenatural. E mesmo que fosse não justificaria a palhaçada. É filha mais velha de uma família de pessoas humildes, mora em Campo Grande, estuda pra entrar na faculdade, gosta de ir à praia, veste-se com certo recato pra sua idade, igual a muitas que a gente cruza na rua. Trabalha num escritório de advocacia onde o pai é tipo um faz-tudo. Ele, um paraibano forte, troncudo e com muitos anos de Rio de Janeiro, falou daqui, falou dali, conseguiu colocar a filha lá pra dar uma geral nos computadores, instalando programas, consertando um bug, pequenos trabalhos. A menina quer ser analista de sistemas.

Tudo corria bem nessa singela repartição até chegar ele, o palhaço. O Palhaço Babão, diga-se de passagem, já passou dos 50. Já passou mesmo! Tem aquela cara meio inchada de chope, cabelinho branco já ralo, e uma pinta bizarra de galã de pornochanchada já aposentado. Foi parar ali pra fazer a revisão do relatório anual, corrigir erros de português, de estilo: emprego temporário, mas um luxo pra ele.

O cara é do tipo inconveniente, que não sabe o que quer, ou melhor, que quer tudo, mas não sabe que já não pode querer tanto. Pois bem, o galo macho, de crina baixa, caiu de amores pela menina. Suspiro daqui, suspiro dali. Olhava-a de forma obscena, como os Palhares dos livros de Nelson Rodrigues, babando na gravata e doido pra chamá-la pra chupar um Chicabon na Urca. Mas a menina, no auge dos seus 22 anos, quer mesmo é saber de Posto 9 e corpinhos sarados porque para maluca ela não leva jeito. Tratava o sujeito com educação, sem muita intimidade, fazendo o trabalhinho dela.

Pois bem, de novo, o palhaço não sossegou e acabou tendo como parceiro/cúmplice o chefe da menina, que palhaço também é por se prestar a um papel desses. Logo, ele foi contar pro babão que o aniversário da mocinha se aproximava, e o babão, lépido e fagueiro, foi logo comprar um mimo para a moça.

Se fosse um mimo de verdade eu nem me daria o trabalho de contar essa história aqui, mas como o bruto babão comprou uma calcinha vermelha, daquelas transparentes que a gente só vê em *sex shop*, acho que vale expor o sem-loção a esse ridículo.

Com a ajuda do cúmplice, ele colocou a caixinha com a calcinha na mesa da garota, que, ao chegar, abriu o presente logo perguntando se era do pai. O cabra, se sonhar que o babão sacou de uma calcinha para a filha, arranca o bilau do babão com a mão em três tempos.

Pois bem (de novo!). Sem graça, ela perguntou ao chefe quem tinha deixado o presente ali, e o babaca, cínico, disse que não sabia, que já estava ali quando ele chegou. Ela logo escondeu o presente na bolsa, temendo que o pai visse. Durante todo o dia tentou descobrir quem era o genial arquiteto de tamanha honraria e, na hora do almoço, entre amigas, mostrou a "novidade". Todo mundo riu e foi logo apontando como dono da piada o babão. Com nojo, ela jogou a calcinha fora e nunca mais olhou pro velho. No dia seguinte pediu pra sair.

Moral da história: o que leva um homem a dar uma calcinha pra uma mulher que ele não conhece, no ambiente de trabalho, expondo-a a tal constrangimento?? Calcinha vermelha se dá na intimidade, pra alguém que você vai comer com certeza ou que está quase te dando. Além do mais, uma menina muito mais nova que você não vai se deixar seduzir por um truque tão barato e sem graça. Na verdade, ela até pode se deixar seduzir, mas quando cantada de maneira, digamos, mais sutil.

Enfim... O mundo é sem-loção. Ele, é claro, achou que estava arrasando e até hoje se gaba do feito.

A moral, na minha opinião, é única: "Palhaços, envelheçam com dignidade."

## DROPS HTP

Há alguns anos, depois de apenas dois meses em um emprego, avisei ao meu editor que ia embora, pois tinha recebido uma proposta melhor. Ele concordou que não daria pra cobrir e me desejou boa sorte. Em seguida, se rendendo ao apelo da sua natureza circense, lamentou:

# Dicionário Ilustrado de Palhaços

**PALHAÇO DA REPARTIÇÃO OU HOMO SAPIENS PALHAÇUS BOBUS DU TRABALHUS**
*Seu momento de ápice e glória é a entrada de uma nova funcionária no local de trabalho, vulgo, repartição. A nova funcionária personifica o bife à milanesa que falta no arroz e feijão de todo dia, ou seja, aquela que ele nunca vai comer, mas que deseja todos os dias.*

## Dicionário Ilustrado de Palhaços

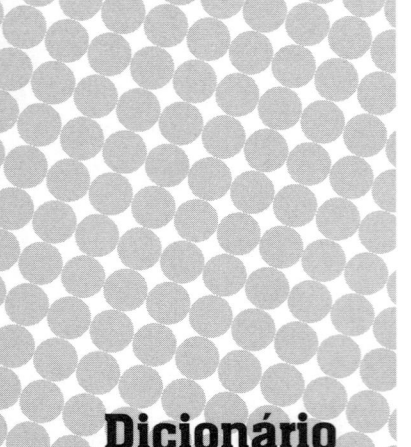

**PALHAÇO REPRODUTOR**
*Ele só quer te comer para fins reprodutivos. Quer encher o mundo de palhaços e acha que seu sistema reprodutor merece tal missão. Cuidado: na primeira noite de amor pode interromper o coito com a seguinte pérola: "Quero um filho seu." Recomenda-se nesses casos a simulação de uma forte crise renal ou ataque cardíaco.*

— Poxa, meu anjo. Você já vai embora e nem deu tempo de a gente ter um caso.

Ele era aquele tipo de homem que, se fosse parar sozinho comigo numa ilha deserta, eu me amigava com um coqueiro.

## MAIS UMA DE CHEFE PALHAÇO

Primeiro o bruto me chamou e reclamou que eu mandava muito e-mail.

Como assim? Ele tem um relatório com quantas mensagens cada um da redação manda por dia? O que é "mandar muito e-mail"?

Sinceramente, não sei. E fiquei puta.

Quando não há trabalho, que diferença faz para ele se estou passando e-mails, navegando na internet, lendo jornal ou se me tranco no banheiro pra fazer trancinhas nos pentelhos? E por que reclamar só comigo se há colegas na redação que ficam jogando paciência e imprimindo receitas?

Ok. Vida que segue. Mais ou menos um mês depois fico doente. Estava mal mesmo, na quarta já tinha ido trabalhar me sentindo meio mal. Perto da hora de ir embora, tive que ligar pra farmácia e pedir remédio. No dia seguinte minha mãe ligou pra avisar que eu não ia trabalhar. Ele foi debochado com ela e nem perguntou o que eu tinha. Na sexta, eu ligo pra dizer que não tinha melhorado.

— Ah! Roberta, você está me causando um problema!

Causando problema? Eu é que tinha um problema, chorando de dor em casa. Palhaço!

## PALHAÇO TRABALHADOR

Um funcionário lá do trabalho vive cantando uma colega de setor. Toda vez que vai à nossa sala, ele solta uma piada ou faz um comentário pra ela. A gente colocava pilha, porque ela é divorciada, tem duas filhas já na faculdade e nada que a impeça de começar um rolo com ele. Cautelosa, ela sempre relutou, porque não gosta de sair com ninguém do trabalho (tolinha!), mas obviamente gostava do assédio e já estava quase cedendo às investidas do bonitinho quando descobriu por acaso que o cara "vive com uma mulher há anos" (leia-se: é casado) e pensa em ter filhos com ela ainda este ano. Se o cara age assim no trabalho, onde mais cedo ou mais tarde saberíamos que é casado, imagine o que não faz quando não há como a cortejada saber sobre sua vida?

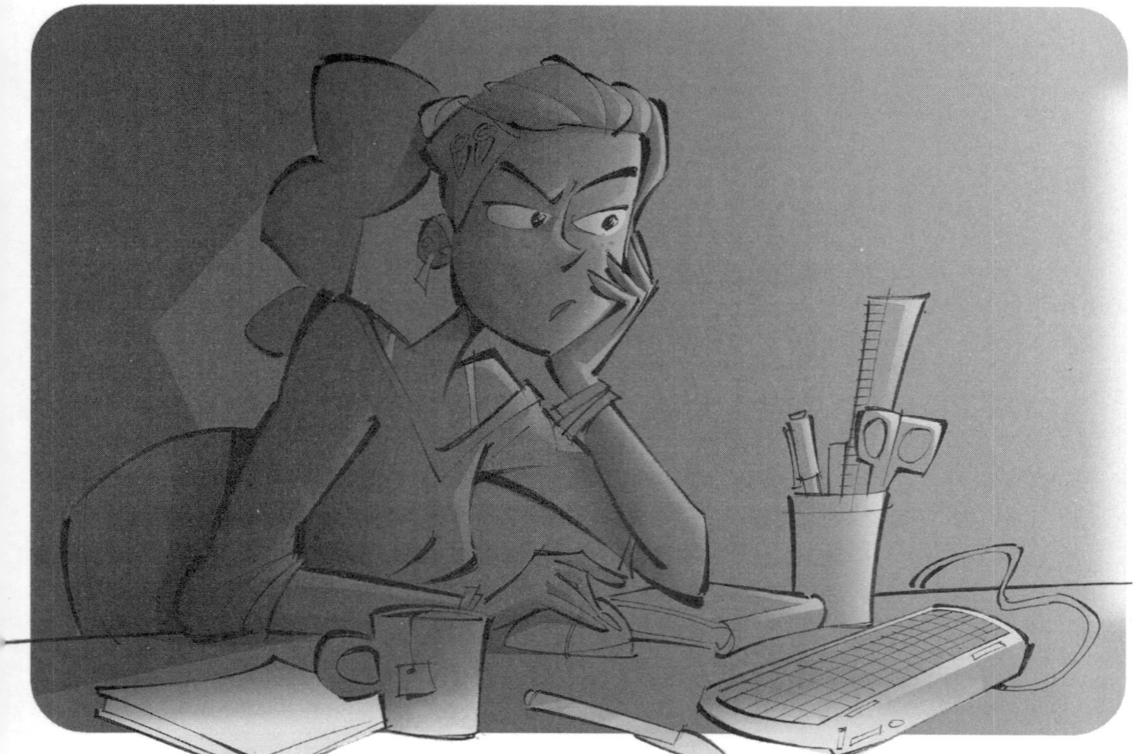

# PALHAÇADAS ON-LINE

## ESPETÁCULO CLÁSSICO

Esse é um clássico dos circos, mas sempre surpreende. O espetáculo abaixo aconteceu com uma amiga minha.

"Conheci o amigo de um amigo que estava de mudança para uma cidade distante.
A gente se encontrou outro dia numa festa e depois de muitas indiretas ele disse que estava a fim de ficar comigo. 'Tá, não tô fazendo nada aqui mesmo', pensei, e acabou rolando.
Ele foi um amorzinho. Fiquei surpresa porque nesse dia ele ia voltar de carona e acabou voltando de ônibus sozinho na madruga só pra ficar mais um tempo comigo! Uau! Fazia tempo que eu não recebia uma demonstração dessas logo no primeiro dia! Para completar, me ligou e ainda nos encontramos antes de eu viajar.
Durante o tempo em que estive fora, ele me ligou e me mandou recadinhos pelo Orkut. Quando voltei, nos encontramos mais uma vez, nos divertimos bastante e, como era o último dia dele na cidade, ficamos juntos até a hora de ele ir para a rodoviária (ele iria de ônibus para outra cidade e de lá pegar um voo pro seu destino final).
No dia programado para ele chegar na sua nova terra, mandei uma mensagem perguntando se ele já tinha chegado e se estava tudo bem, à qual ele respondeu: 'Já cheguei, sim. Está tudo bem, só falta você aqui comigo! Estou com saudades! Beijos, linda!'
Ainda nos falamos depois, mas demorou pouco tempo para eu descobrir a palhaçada. Bastaram alguns dias e eu vejo que ele tinha mandado o seguinte recado para outra mulher: 'Já estou morrendo de saudade! Acho que já é amor! Nunca senti isso por nenhuma mulher! Eu sinto que ainda iremos ficar juntos!! Beijos!! Te Amo!!'
Detalhe: NO MESMO DIA QUE ELE ME MANDOU A MENSAGEM!!!
Descobri mais tarde que ele tinha conhecido a Fulana depois de mim, ou seja, no máximo três dias antes de ter mandado o recado!!! Quem é que ama uma pessoa que conheceu há três dias??? Se existe, com certeza homem não é!
E ainda que ele estivesse 'amando' uma pessoa em tão pouco tempo, por que me mandou uma mensagem melosa dessas? E, pior, ainda fica falando em fidelidade. Por quê? Por quê? Fala sério, como você classifica uma pessoa dessas?"

## PALHAÇO FOTÓGRAFO

Ela estava dando pinta numa sala de sexo na internet e vê a foto de um boquete.
— Pô! Essa mulher parece comigo. Ih! Esse sofá vermelho parece o lá de casa. Caralho! Essa pança é do Fulaninho. Então ela sou eu!
Pois é, amigos. O Fulaninho aproveitou o momento de desprendimento da moça, tirou uma foto e botou na internet sem a permissão dela!
— O pior é que se a foto tivesse legenda ele estava dizendo: "Aproveita que está limpinho."

Ela disse que tinha acabado de reclamar que o pau do bruto estava fedido e ele foi lavar. Quer dizer, o cara é gordo, barrigudo e de pau sebento, arruma uma garotona disposta a boqueteá-lo e... bota a foto na internet!
O que ele é?
PALHAÇO!!!
Em estado de choque com a vergonha pública, a garotona resolveu contar para a mãe a ofensa sofrida. "Afinal, se minha mãe me perdoasse não importava a opinião do resto do mundo."
— Minha filha! Como você leva esses tipos pra sua casa?
— Ah, mãe, eu estava doidona, tinha bebido vodca e fumado skank. E ele era meu amigo há um tempão...
— Vem cá, fala a verdade. Eu não vou encontrar uma foto sua sendo enrabada na internet não, né?
— Se ele fez a sequência...

Bom... Espero que esse bruto nunca mais pegue ninguém. Já lançamos a maldição de sete anos de punheta pra esse palhaço indiscreto.

## DOS PALHACINHOS EXIBICIONISTAS *OU* ELES QUEREM É A FAMA!

Pode não parecer, mas sempre prezei a discrição. Posso ter um *blog* — e agora um livro — chamado *Homem É Tudo Palhaço*, mas não é qualquer palhaço que vai pro centro do picadeiro. Quando namoro, tenho um rolo fixo ou estou envolvida, não explano. O que é bom, guardo pra mim. Posso até contar a história, mas de maneira a preservar o bruto (afinal, alguma palhaçadinha eles sempre aprontam). Em geral, os que mandam mal são "um palhaço" ou "o palhaço da vez" e os que ainda não mandaram mal são "um bonitinho" ou, em casos otimistas, "O Bonitinho". Pois bem, essas são as regras do estabelecimento.
Acontece que alguns palhaços querem fama, notoriedade. Em certo espetáculo, um me jogou na cara que "nunca falei dele no *blog*". Claro, palhaço, eu me importava com você e o preservava. Ele queria a fama, declarações no *blog* e "namorando" no perfil em redes de relacionamento. Quá-quá-quá. Lembrei imediatamente de um outro artista circense que, em passado não muito distante, após um mês de rolo, em plena pós-foda no motel, me mandou na lata:
— Olha, pode dizer que a gente está namorando!
— Hein?
— É, pode espalhar aos quatro ventos, contar pra todo mundo, postar no *blog*, colocar "namorando" no Orkut... Melhor assumir logo, já que estamos saindo direto...
— Olha, se você quer, a gente pode namorar, mas eu não me importo com rótulos nem preciso do selo de qualidade de namorada. Para mim importa a gente gostar da companhia um do outro.

# Dicionário Ilustrado de Palhaços

**PALHAÇO RÚSTICO**
*Ele é um poço de contradição. Pode cobri-la de carinhos e logo em seguida soltar uma pergunta grosseira do tipo "Você é lésbica?" ou "Está trepando com o meu melhor amigo?". Sem tato, é uma caixinha de surpresas. Costuma ficar desconfiado com pouca coisa e usa argumentos superficiais para justificar suas grosserias. No geral, mostra arrependimento depois. Em alguns casos, pode ser rústico em alto grau. Nesse caso, é grosso mesmo, beirando o mal-educado.*

— Ah, eu achei que você ia querer, porque mulher sempre quer namorar...
— Não saio com você pra ter o status de namorada, porque eu fico muito bem solteira, obrigada. Não preciso disso pra ser feliz, embora eu esteja feliz com você.

Pois é, o moço murchou e depois disso fez o número do Desaparecimento. Ele queria me namorar, estava envolvido comigo ou queria o troféu de namorado de uma blogueira "famosa"? É, dileta audiência, os palhaços podem ir esperando, mas sentem pra esperar sentados, porque de pé vão cansar. Acho a coisa mais cafona colocar "namorando" no Orkut ou postar declarações de amor.

## PALHAÇO SEM-LOÇÃO (OU 3 EM 1)!

Essa é antiga, mas é sensacional. Lembrei outro dia no ônibus. E é bom falar nisso, já que volta e meia algum bruto cai nesse erro. Pelamordedeus! Não façam isso, meninos. Passar a mesma cantada em mulheres que se conhecem é digno de surra de chibata!
Logo depois que me formei recebi um e-mail de um colega de turma com quem não tinha muita intimidade. Na verdade sempre o achei um chato de galocha. Uma vez estava no bar em frente à Uerj com uma amiga e ele passou. Ela disse: "Ih! Olha o Fulano!", e já foi chamando: "Fulaaano!"
Na mesma hora eu disse: "Nããão!" e a puxei pra gente se abaixar. Porra! Se ele nos visse, podia vir sentar na mesa com a gente e ia estragar a noite. Ele até viu, mas deu só um tchauzinho do lado de fora do bar. Ufa!
No e-mail, o bruto vinha com um papinho de "E aí? Como vai? Acho você legal, não quero perder o contato..."
Até aí, tudo bem, não fazia questão de manter contato com ele, mas tudo bem. O negócio é que ele seguia com: "Vamos nos encontrar qualquer dia pra tomar um chope, conversar, ir ao cinema ou olhar as estrelas. Se você tiver namorado esqueça o que eu disse."

Olhar as estrelas?! Fala sério! Que porra é essa? Eu lá sou mulher de olhar estrelas? "Se tiver namorado esqueça o que eu disse"? Ele deixa claro logo de cara que não faz muita questão. Ele acha que as mulheres gostam disso?

Não entendi nada, mas até aí ainda não configurava palhaçada digna de nota. Achei estranho porque durante a faculdade ele nunca deu em cima de mim, só conversávamos superficialmente... Aquela parada de intervalo de aula e tal.

Não respondi na hora porque nem sabia o que responder a não ser um "não, obrigada". Encaminhei a mensagem pra minha amiga Ana Paula com um básico e comum: "Posso? Não entendi nada." Afinal, uma vez comentei que achava o cara insuportavelmente chato e ela disse que achava o bruto até gente boa.

A Ana me respondeu correndo: "Caralho! A Carolina recebeu um igualzinho!" Acionamos a nossa rede de informações e descobrimos que a Daniele e mais uma menina (que agora não lembro quem era) tinham recebido a mesma mensagem!

O palhação, além de não ter loção alguma mandando uma cantada infeliz dessas, ainda mandou a mesma pra várias garotas que eram amigas?! O ele achou? Que nenhuma de nós ia comentar com a outra uma cantada tão fraca e inesperada? Eu, hein!

Nessa época eu tinha namorado e era menos rascante do que hoje. Então, com essa descoberta, limitei-me a contar pra todos os colegas de faculdade com quem eu tinha contato e deletar a mensagem dele.

Eis que uma semana depois chega outra mensagem do bruto, escrito somente: "Custava responder?" Quer dizer que o malandro ainda ficou puto porque eu não respondi? Não gostou, foi? Pois que enfie o dedo no cu e rasgue. Deletei de novo.

## O espetáculo nunca tem fim!

O palhaço foi embora e vida que segue. Parece que ficou putinho por não agradar e sumiu, bloqueou no MSN e tudo, esses espetáculos infantis dos quais eles são adeptos.

Mulher generosa, que não guarda mágoas, passados alguns meses, N. já tinha esquecido o episódio. Sabe como é, né? Assim que acaba a gente só lembra a parte ruim. Passado algum tempo, a gente já nem lembra por que terminou e vida que segue, dá até pra manter um relacionamento social. Memória seletiva é assim mesmo.

Eis que o bruto aparece on-line, facinho, a R$ 1,99. O mal de N. é que ela é uma crédula, pensou: "Ah, vou falar com ele pra mostrar que não tem mágoa, que podemos nos falar normalmente como amigos."

—Oi!

—Oi, vaca.

Chocadíssima, ela fechou a janela na mesma hora e saiu do MSN. Na mesma hora enviou um e-mail: "Olha, alguém está usando seu MSN e xingando as pessoas", avisou. O bruto respondeu: "Não há como isso ter acontecido."

Bom, ela aprendeu. Bloqueou e deletou o palhaço.

## REFLEXÕES
### PALHAÇO TRO-LO-LÓ

"Eu não namoro com você porque não sou namorável. Não caso com você porque não sou casável."

Não, em momento algum a moça disse que queria namorar ou casar com o catiço. Parece que, além de problemas de autoestima, ele sofre de confusão mental. Será um Palhaço Tro-lo-ló?

## "HOMEM É FÁCIL DE AGRADAR: UMA CERVEJA, UM BOQUETE E UM JOGO DE FUTEBOL E ESTAMOS FELIZES"

Pensou que ia morrer sem ler essa, né?

Pois é. A gente morre e não ouve/lê tudo!

Está certo que a afirmação acima é meio senso comum. Mas dita/escrita com orgulho (*sic!*) por uma espécie macho-alfa dá um medinho, não dá?

De onde eu tirei isso?

Huuuumm... Há sempre aquele palhaço que adora ser palhaço. Enche o peito, coloca o nariz vermelho e sai por aí gritando para todo mundo que é palhaço, que come mesmo e não liga, que é escroto, mas come todo mundo e blá-blá-blá. É como o cara ter chulé e achar lindo. Ou ter mais de 40, morar com a mãe e se achar incrível. Tudo é uma questão de autoestima.

Esse palhaço fez contato via e-mail e terá sua identidade preservada porque isso aqui não é palhaçada, é um livro sério, de família, e palhaço que é palhaço merece o anonimato. Vejam como ele é até bem-humorado. Reproduzo em trechos seguidos de comentários abaixo:

"Um antigo casinho, acho que querendo me dizer alguma coisa, me mostrou esse blog. E eu adorei; confesso que vocês têm razão..."
*Alguma coisa? Se eu fosse homem e me dessem esse blog pra ler, acho que seriam muitas as mensagens a captar...*
"Homem é tudo palhaço mesmo... ahsudhaudhuahduahsuahda"
*Tenho meeeeedo dessa risada!*

"E, sim, cada história bizarra... ahsduhaudhauha... Confesso que também já aprontei dessas, mas, sempre que posso, aproveito pra comer alguém..."
*Sempre que posso? Aproveito?*
*Para o mundo que eu quero descer...*

"Tenho uma pergunta a fazer: Então, o que vocês mulheres querem? Cinceridade?"
*De preferência a gente quer Sinceridade.*

"Olha, quem é muito cincero passa por mau educado e não come ninguém."
*Nem Confúcio me sairia com uma tão boa.*
*Sincero agora virou sinônimo de "mau educado" ...huuumm... Fico pensando o que seria alguém de fato "mau educado" pro rapaz... Diante de tamanha sabedoria fico eu aqui pensando: desde quando a sinceridade está ligada à capacidade de um homem de fazer sexo? Ou seja, pra conquistar alguém é preciso sempre mentir??? Tenho muito medo.*

"Tipo aquela pergunta, essa é clássica...: 'Amor, você acha que eu tô gorda?'
Resposta:
1) 'Sim, você está.'
Reação: 'Seu idiota, quem você acha que é? Te odeio. Acabou tudo.'
2) 'Amor, talvez um pouco.'
Reação: 'Seu insensível, meu anticoncepcional me incha e por isso estou assim. Grosso, porco, te odeio.'

# Dicionário Ilustrado de Palhaços

**PALHAÇO SAARA**
*Esse está sempre procurando um descontinho. Seja em motel, bar ou restaurante, o bruto não perde a chance de economizar uns trocados. No futuro, vocês podem ficar ricos, mas, no presente, é preciso paciência para andar sempre de ônibus, ir ao cinema só no carnaval e passar o Dia dos Namorados em casa, à luz de velas (para economizar energia), comendo macarrão. Pode ser romântico, dependendo do nível de intimidade (e amor).*

3) 'Não, amor, você está linda.'
Reação: 'Mentiroso safado. Você não é sincero comigo. Te odeio. Acabou tudo entre nós.'
4) 'Não, amor, mas eu estou, e queria que você me ajudasse numa dieta.'
Reação: 'Seu porco. Tá me chamando de gorda. Acha que eu não sei? Te odeio. Acabou tudo entre nós.'
Mulher também não é fácil de agradar."
*Tsc, tsc, tsc... Fico pensando nas conversas edificantes que o rapaz teve com as moças com as quais manteve algum tipo de relação (sic!)... Mulher é fácil de agradar, amigão. Desde que você seja Sincero, afetuoso e saiba usar de forma correta substantivos, adjetivos e verbos.*

"Mais uma. Sim, homem é fácil de agradar. Uma cerveja, um boquete e jogo de futebol, e estamos felizes."
*Ui! Quero me casar com ele AGORA!*

"Não sei por que tem que ligar no outro dia."
*Sem comentários...*

"TÁ. EU SOU UM PALHAÇO!!!"
*Juuuuuuuuuuura?*
*É muita filosofia para um dia só. O que nos leva a descobrir mais um tipo de palhaço: o Pseudoplatão. Cheio de frases de efeito, teses absurdas, pensamentos profuuundos... e chato de doer!*

## PALHAÇO BRASILEIRO: NÃO DESISTE NUNCA

Lembram o artista circense que inovou e apresentou um espetáculo inédito? Chamou pra ir à casa dele e quando eu disse "sim" me trocou por uma loura? Pois é. Acaba de me mandar um torpedo: "E aí, menina, vai fazer o que no findi?" É um palhaço, mas me ufano da insistência dele. Deve ter tomado toco da loura.
Apesar de já ter programa pro fim de semana, resolvi lançar uma enquete e deixar vocês decidirem a resposta que o bruto vai receber (ou não). Acham que devo dizer que vou...

---

# Dicionário Ilustrado de Palhaços

**PALHAÇO SEXO ORAL**
*Promete que vai comê-la de pé, deitada e de quatro, narra orgasmos incríveis, diz ser um amante sensacional, mas tudo fica por isso mesmo. Muito papo e nada de coito memorável.*

1) "Chupar cocô pra ver disco voador."
2) "Dar muito para outro mais gostoso que você."
3) "Sair com você."
4) NRA: Ignoro e não respondo.

## REFLEXÕES
### PÉROLAS

**Palhaço:**
— Quem gosta de homem é veado. Mulher gosta é de dinheiro!

**Dona do Circo:**
— E já que você não tem grana, só lhe restou virar veado, né?

Adorei a resposta da moça. Eu estava pra comentar essa frase machista/idiota há algum tempo, mas sempre esquecia. Eu ia ressaltar como os que falam isso quase sempre são justamente as bibas enrustidas, mas ela já disse tudo. Rá!

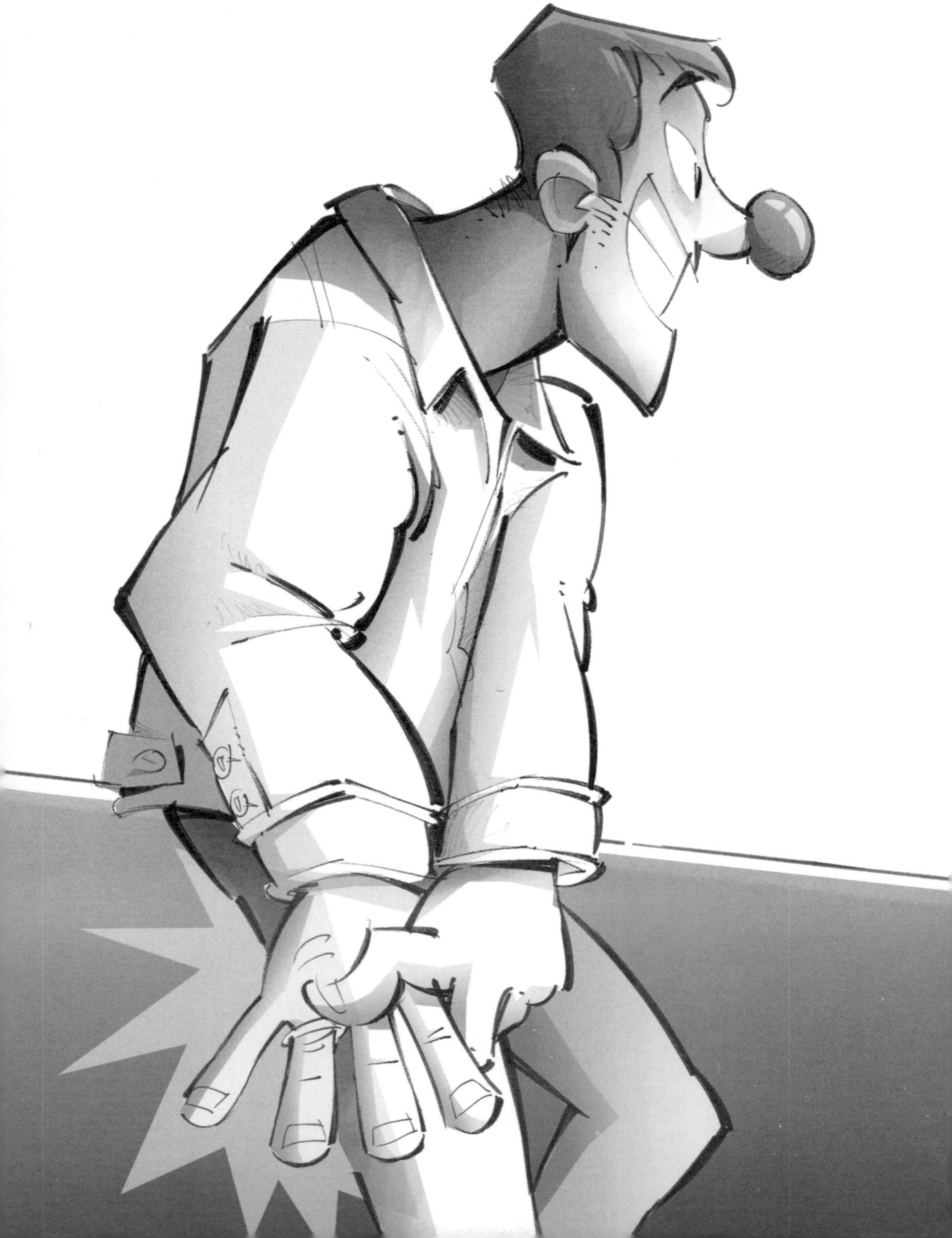

# COMPROMETIDOS DE ARMÁRIO

## ATITUDE PALHAÇA: FALTA DE COMPROMISSO

Não é medo de se relacionar. É medo de assumir compromisso mesmo. O cara "sai" com a mesma menina durante meses, mas nada de assumir namoro.
— Quem era ao telefone? Sua namorada?
— Não. É só uma amizade... Assim, sabe?
Uma amizade que dura meses, talvez anos. Uma "amiga" pra quem ele liga todos os dias pra contar o que houve no trabalho; uma "amiga" que o atura nas crises de depressão, rinite, tendinite; uma "amiga" com quem ele vai ao cinema todo domingo; uma "amiga" que dorme na casa dele e faz um penne ao pesto como ninguém! Mas é só uma "amiga".
Pior que não assumir namoro é não assumir casamento.
— Você é casado?
— Não. Moro junto.

De onde eu venho, "morar junto" é a mesma coisa que casar. Tecnicamente falando, pode até não ser, mas na prática é a mesmíssima coisa. Requer os mesmos compromissos e traz embutidos os mesmos ônus e bônus da vida a dois. Infelizmente, o cérebro masculino não entende os dois termos como sinônimos.
Palhaçada. E imaturidade das grandes esse negócio de não assumir compromisso. Será que o palhaço pensa que a "amiga", imediatamente após ser nomeada "namorada", vai sacar um par de alianças, firmar noivado e marcar o casamento para o mês seguinte? E quem disse que a menina quer casar com o palhaço?!?!
Quem será que ele pensa que engana com esse papo de "morar junto"? És casado, palhação!


## PALHAÇO EQUILIBRISTA

O circo ganhou mais um tipo de palhaço pra engordar suas fileiras de personagens: o Palhaço Equilibrista.
Palhacinho confessava numa mesa de bar suas peripécias pra dar conta das oito mulheres (sim, você não leu errado: OITO mulheres) com quem ele saía na época e usou uma figura que ilustra bem como os homens que têm várias mulheres lidam com todas elas. Com vocês, a explicação do palhaço:
— É como um equilibrista com seus pratinhos em cima das varetas: uma hora ele vai lá, roda um com mais força; depois, ele vai pra outro; mais tarde, roda o terceiro; por fim, volta pro primeiro... E assim vai: rodando um pouco um, depois outro, nenhum pratinho cai e todos ficam lá, rodando.
Ahhh, tá. Entendi.
Teve mais:

— Aí, quando acaba pintando uma namorada, o cara vai lá, pega os pratinhos e guarda, bem guardadinhos, junto com as varetas. Mas tem que guardar com cuidado mesmo pra eles não quebrarem. Se o namoro acabar, o cara vai lá e arma tudo de novo.
E é assim: a namorada é sempre a de fora do espetáculo. Uma Mulher-Pratinho não vira A Namorada. Uma vez Pratinho, sempre Pratinho.

Muito esclarecedor, não, meninas?

## DE NOVO? NÃO!!!

Fui ao aniversário de um amigo na Lapa sem a menor pretensão de nada. Sério mesmo. A roda de samba que estava se apresentando era bem conhecida entre os bares de lá e, aliás, é uma das que eu mais gosto. Um dos sambistas, um gato por sinal, passou a noite inteira me metralhando com o olhar. Amei aquilo, devolvi à altura... No fim da apresentação, não deu outra: ficamos. Estávamos nos curtindo muito e começamos a falar sobre o que faríamos depois, quando ele soltou a pérola:
— Só tem uma coisa que eu preciso dizer: hoje não vai dar pra a gente esticar, porque eu sou casado e minha mulher está me esperando com minha filha pequena em casa.
Para tudo. Para a rotativa, dá pausa no DVD, para o mundo que eu quero descer. Como assim "hoje não vai dar, porque eu sou casado"? Só hoje, né? Porque de repente amanhã... Quem sabe... Tipo assim, vai despachar mulher e filha — bebê! — pra tonga da mironga??? E o que é esse esperar? "Me esperando", não, Zé Bedéu. Sua mulher está em casa cuidando da sua filha. E o que é esse "esticar"?? Diz aí... Esticar o quê, depois desse banho de sinceridade sem propósito? O cara está na rua, traindo a mulher, com filha pequena em casa e usa isso como JUSTIFICATIVA???
Além de palhaço, não sabe mentir???
E vocês acham que a situação melhora?
Ele ainda veio com um papo brabo:
— Estou louco pra me separar, mas ainda não encontrei estímulo pra isso...
Gente, o que é isso? Isso ainda convence alguém?
Definam — PELO AMOR DE DEUS — "estímulo pra separar"!
Ele quer a Juliana Paes na porta da casa dele, pedindo pra ele largar a mulher?
Será que todo homem casado que trai a mulher acha bonito essa história de dizer que o casamento está ruim?
Está ruim, palhaço, separa. Quem sabe casar sabe separar.
Além do mais, honre as bolas que tem, e assuma: "Pô... Sou casado, hoje estava a fim de pular a cerca... Achei você interessante..." Nessas horas a sinceridade foi pra casa do cacete, né?
Aí eu falei:

— Você não quer se separar, não. Você está adorando o fato de sua filha ser pequena, pra aproveitar e dar uma de solteirão por aí... E se você está procurando estimulantes, vá a uma farmácia. Tô fora!

É isso aí, garota.

## PALHAÇO CARNAVALESCO

O reencontro com um colega de ginásio rendeu uma ótima história.
Carnaval. Baile do Vermelho e Preto rolando na TV. De repente, aparece um cara transando com uma morena sensacional. O cara é vizinho do meu amigo de ginásio.
No dia seguinte, meu amigo passa pela porta da casa do vizinho folião e vê a mulher dele quebrar os vidros do carro e jogar as roupas do agora ex-marido na rua.
Meu amigo pensa:
— Ih, ela também viu o baile...

Além de palhaço, é burro. Como vai a um baile de carnaval, fode com outra e se deixa filmar???

## PALHAÇOS CASADOS

Adoro ouvir conversa dos outros na praia, no ônibus, restaurante, se estão falando alto então, não tenho nem escolha. Se o papo é sobre um espetáculo circense, sou obrigada a contar, né?
Outro dia estava no ônibus e três moças sentadas na minha frente comentavam seus dissabores com palhaços mentirosos. O espetáculo da vez era aquele que o cara finge ser solteiro e, depois que estão namorando, a moça descobre que ele é casado. Um clássico.
A morena que estava no outro lado do ônibus contava para as duas que estavam na minha frente que ficou chocada com

---

**Dicionário Ilustrado de Palhaços**

PALHAÇO TIRA O SOM E
DEIXA A IMAGEM
*Quanto mais tempo calado, melhor.*

a cara de pau do rapaz. Começaram a sair, e ele só deu o número do celular, que depois de certa hora estava sempre desligado. Ela pedia o de casa e ele inventava lorotas pra não dar. Saíam juntos sempre, mas tal e qual um "cinderelo", certa hora começava a dizer que estava com sono, com dor de cabeça, de barriga, começava a ficar nervoso, até dizer que estava passando mal e ia embora. Aparecia nos fins de semana, mas sempre em horários variados e com frequência fugia de repente.

Ela encostou o bruto na parede e ele confessou. Era casado, mas garantiu que não tinha contado pois quando se conheceram ele estava brigado com a mulher. Quando fez as pazes já estava saindo com ela e tinha se apaixonado. É, bem, não entendi direito. Se ele estava apaixonado, por que fez as pazes com a mulher? Humpf! A moça pensou da mesma maneira e mandou o cara à merda. "Ah, tá, então você fica bem com sua mulher e eu que me dane? Então vou me danar logo pra te esquecer antes que goste mais de você."

A moça da janela, sentada bem na minha frente, disparou:

— Você que teve sorte de descobrir logo, enquanto estava começando o namoro. E eu, que descobri quando já estava com ele há sete meses e tínhamos ficado noivos?

Putz, que merda, pensei.

As outras questionaram se ela não tinha percebido nada estranho, e ela garantiu que ele era bom mentiroso, saíam sempre juntos, ele almoçava na casa dela no domingo. Pediu em casamento e ficaram noivos num almoço em família. Ela já estava comprando enxoval quando descobriu.

Adivinhem o que ele disse? "Amor, não te contei porque sabia que você era uma moça de família e não ia aceitar. Quis te poupar." Ah, tá. Então está explicado, né? Será que se ela não tivesse descoberto, ele teria casado?

A menina, bem bonita, com cabelos louros cacheados, disse que agora que já passou um tempo consegue achar graça do assunto. Que até acabou sendo bom, porque foi morar sozinha e já tinha um monte de coisas, mas que sofreu muito. Rindo, acrescentou o detalhe sórdido:

— Acredita que ele ainda foi à minha casa pegar as coisas que tinha comprado? Quase taquei o liquidificador na cara dele.

Caralho, será que ele levou pra casa e disse pra mulher que tinha comprado umas coisinhas na liquidação?

## PALHAÇO FAMÍLIA

Três horas atrasado e o palhacinho aparece com os olhos cheios de lágrimas. A namorada, lógico, esqueceu todo o esporro que já estava preparando pra dar.

— É a minha avó, descobrimos que ela está doente.

A empresária circense solidária ao bruto já estava se vendo em meio a procedimentos de peito aberto e radioterapia.
— Mas o que ela tem, amor?
— Diabetes.
— Diabetes? Como toda pessoa com mais de 50 anos. Você se atrasou esse tempo todo discutindo tratamentos com a família... NUM SÁBADO À NOITE... E você ficou sabendo desse diagnóstico NUM SÁBADO À NOITE?

## PALHAÇO LIGEIRINHO

Não sei o que se passa com esses palhacinhos, mas eles andam com tanta pressa de chegar aos "finalmentes" que esquecem os "entretantos". E não estou falando de "transar de primeira", estou falando de transar sem nem mesmo ter a primeira saída. Sem nenhum puritanismo, acho isso uma falta de educação.

Outro dia estava no trânsito e o carinha do carro ao lado, depois de muito sorrir pra mim e me acompanhar por uns bons quilômetros, pediu meu telefone. Dei. Horas mais tarde, ele me liga. Papo vai, papo vem, o cara diz: "A gente podia se conhecer melhor." Ótimo! Aonde vamos?
— A gente podia ver um DVD na minha casa.
— Hein? Um DVD na sua casa? Mas a gente nem se conhece!

Claro que ele não aceitou minha réplica de irmos a um bar ou a um cinema. Certamente é comprometido e não pode ser visto acompanhado em público. Palhaço. Quem sabe depois do bar eu não ia querer ver a coleção dele de DVDs do jornal *Extra*?

Pior foi um palhacinho que queria que eu o chupasse no meio do trânsito do centro da cidade numa sexta-feira às nove da noite. Não dava nem pro cara parar o carro??? Tinha que ser ali, ao lado de um 247 (Passeio–Camarista Méier) lotado, enquanto ele desviava de uma moto ou avançava um sinal???
Essa falta de tato masculina me deixa passada.

## ESPETÁCULO TRIPLO

Lembram aquela roda de samba onde encontrei o palhaço que queria arrancar minha tatuagem a dentadas? Naquela mesma noite uma amiga minha também conheceu um artista circense de notável talento.

Eu soube que ela estava lá, mas não nos encontramos. No dia seguinte, ela me ligou pra contar que, quando estava indo falar comigo, conheceu um carinha muito gatinho. Ficaram. O brutinho era legal, divertido, gostoso e tinha pegada. Ela, tola, pensou: "Oba, vou pagar umas prestações do meu carnê do Baú da Felicidade, que já está atrasado mesmo." Alguns beijos, amassos e cervejas, e mais tarde foram pro motel. Palco perfeito pro espetáculo. Eis que estão lá, a chapa quentíssima e... o bruto (literalmente) arranca a calcinha da moça! Rasgou a calcinha! Bom, eu não levo a sério esse tipo de pantomima, mas ela achou que era hoje que ia esmerilhar. Toda animada com a boa sorte inesperada, ela partiu pro ataque também, pra dar continuidade aos trabalhos. Humpf.

O palhaço não queria colocar a camisinha. Como assim? Ele diz que não usa camisinha. Como assim? Ela diz que sem camisinha não vai rolar, ele diz que com camisinha não vai rolar. Ficam nesse impasse, minha amiga começando a se irritar avisa que ou coloca a camisinha ou ela coloca a roupa e vai embora. Como viu que não ia ter jeito, o palhaço colocou a camisinha. Broxou. Minha amiga disse que ainda se esforçou, mas nada. O bruto estava totalmente fora de combate.

Se em pleno século XXI, alguém querer transar sem camisinha com alguém que acabou de conhecer já seria palhaçada suficiente, não contente, o palhaço anima a moça, deixa a chapa esquentar e, na hora de quebrar o barraco, broxa? Minha amiga não merecia isso. Muito puta da vida, a moça pediu satisfações. "Que negócio é esse? Que propaganda enganosa é essa? Como você me faz deixar minhas amigas, vir pra cá, me dar o trabalho de tirar a roupa e vou voltar pra casa invicta, que porra é essa?" Na maior desfaçatez o palhaço confessa: "É que estou acostumado a transar sem camisinha com a minha namorada."

## PALHAÇO CLAUSTROFÓBICO

Noite dessas estávamos eu e Narinha em um fervo desses da vida, quando ela reconhece entre os convivas um conhecido em comum.
— Aquele ali não é o marido da fulana?
— Marido não, namorado, mas é ele, sim.
— Ué? Eles não moravam juntos? Voltaram a namorar?

# Dicionário Ilustrado de Palhaços

**PALHAÇO TPM**
*Seu lema é o mau humor: ele reclama das suas roupas, do seu cabelo, da sua voz, da cerveja quente no dia do futebol, do calor, do trânsito, da comida... Adora estragar o clima, lançando comentários ácidos e azedos sobre tudo. Cuidado: geralmente eles ficam uma gracinha quando zangadinhos e podem enganar. Fiquem atentas.*

—Moram, há anos. Mas ele diz que não casou, que namora. Que não assumiu um compromisso desse peso, que se sentiria pressionado, sufocado, que precisa de espaço, blá-blá-blá...
—Ah, entendi. O espaço que ele precisa é aquela mulher de roxo com quem ele tá atracado...
— Pois é...

## FILHO PALHAÇO

A mãe chora as agruras de ter um filho palhaço. Ele parecia tão certinho, tão legal, era de fato um bom menino. Namorava uma menina há sete anos. Namoro colegial. Era fiel, fazia planos de casar, se dizia apaixonado. A família tinha medo até de que a menina engravidasse antes do casório.
Tudo muito perfeito, não é?
É. Mas é justamente aí que mora o perigo. Ele mudou de emprego, conheceu gente nova, se deixou levar pelos embalos de sábado à noite. Começou a sair com uma colega do serviço. Saída aqui, saída ali, comeu a moça. Castigo divino pra ele, que pegou um tipo "Atração Fatal". A garota, depois de algumas saídas, quis namorar o rapaz, só que ela não sabia que ele já tinha uma namorada.
Ele, sem querer perder a quase noiva, teve que mandar a real para a amante. Ela, enquanto amante, não aceitou o papel de puta de luxo e ficou mesmo é puta da vida. Ele parou de sair com a vadia e achou que a vidinha voltaria ao normal. Fez a cagada, se arrependeu, e voltou para os braços da namorada.
Tolinho.
A amante, ainda não satisfeita com o fora, fuçou daqui, mexeu dali e descobriu quem era a namorada. Foi à casa dela e contou tudo.
O palhaço vacilão ficou sem as duas.
A namorada não quer vê-lo nem pintado de ouro. A amante está rindo à toa da desgraça alheia e diz que pra ele não dá mais.

Esses palhaços e seus pintos inquietos... Está vendo, papudo?


## PALHAÇO CANALHA

Uma amiga minha tinha um namorado bissexto, desses que trabalham muito, estão sempre de plantão, mas que de forma geral era muito gentil e carinhoso. O único problema era ter uma mãe maluca que maltratava a minha amiga quando ela ligava pra ele:
— Foi pra casa da noiva dele — dizia a velha. No começo, minha amiga ficou intrigada e imprensou o cara pra ele falar se tinha ou não namorada. O cara negou e falou que a mãe era ciumenta e sempre inventou essas histórias pra todas as namoradas que ele tinha.

A velha desligava o telefone quando reconhecia a voz dela, pegava na extensão quando eles se falavam... Era uma tortura ser agredida pela futura sogra todas as vezes que ligava pra ele, mas o namorado pedia paciência com ela, dizia que a mãe era maluca e tal.

Eles seguiram juntos por seis meses de namoro. Neste tempo, ele conheceu a família dela; ela conheceu a filha dele, uma menina de 11 anos.

Outro dia a menina disse que tinha um segredo pra contar pra ela e disse que o pai era realmente noivo e que ia se casar no final do ano.

— Tia, não conta pra ele que fui eu que te falei, não, tá?

Minha amiga tentou confirmar (ou negar) a história com ele, mas ele desligou o telefone na cara dela quando perguntado sobre o assunto e agora não atende mais suas ligações, o que só prova que a informação da menina é verdadeira.

Esta pra mim é a maior palhaçada de todos os tempos. Chega a ser difícil de acreditar que um homem seja tão mau-caráter a este ponto. Além de mentir sobre o noivado, ainda falou mal da mãe e envolveu a filha na sua vida dupla. Conseguiu de uma tacada só fazer palhaçada com quatro mulheres, magoando todas elas em uma demonstração ímpar de egoísmo e falta de sensibilidade.

## PALHAÇO QUE NÃO USA CELULAR

Um cara casado vem assediando uma amiga minha. Conseguiu o número do celular dela e ligou. Já na hora de desligar, o cara avisa:

— Olha, não liga pra este número que está marcado aí, não. É que eu quase não uso, sabe? Ele fica na gaveta...

Aham... E eu sou uma empada. De frango com azeitona. Ele só falou isso porque ficou com medo de que ela guardasse o número do celular dele e ligasse enquanto ele estava com a "esposinha querida". Este é palhaço em dose dupla: por ser casado e cantar outra e por usar uma desculpa tão esfarrapada ao pedir pra outra não ligar...

## PALHAÇO CORNO INTERESTADUAL

Por motivos profissionais, o marido de uma amiga minha foi transferido pra outro estado. Era uma boa oportunidade de carreira pra ele, então decidiram tentar a vida lá.

Ela não conseguiu emprego na nova cidade e resolveram que ela ficaria 15 dias lá com a família e outros 15 dias aqui no Rio cuidando da empresa dela. Ele foi primeiro pra alugar a casa e ela ficou aqui pra despachar a mudança e cuidar da transferência escolar dos filhos.

# Dicionário Ilustrado de Palhaços

**PALHAÇO VIGILANTE DO PESO**
*Ele gosta de uma gordinha, mas tem vergonha de admitir. Então ele insiste para que você emagreça, porque quer sair com alguém maaaaaaagra e esbeeeelta (para tirar onda com os amigos). Aí você sofre, come alface com biscoito, fica um pau de seca, para descobrir sorrateiramente que ele se diverte em sites pornôs onde a modelo mais magrinha pesa 120 quilos.*

Desmontaram o apartamento e levaram mala e cuia; quando estivesse no Rio minha amiga ficaria na casa da mãe.

Depois de um mês que ele está lá, ela chega com a prole. Fica um mês pra arrumar a casa nova e ajeitar tudo para as crianças começarem a estudar. Como precisa cuidar dos próprios negócios, vem pro Rio e fica 15 dias. Eles se falam por telefone diariamente, ele manda cartas, cartões e flores. Na quinzena seguinte ela chega cheia de saudade e... descobre que ele tem uma amante.

## O espetáculo

O cara foi infiel e, quando descoberto, chorou e pediu perdão. A lenga-lenga de sempre: "foi coisa de momento", "você estava viajando e eu, tão sozinho..." Ela pensou em perdoar, afinal têm dois filhos juntos, estão casados há quase dez anos. Pouco tempo depois ela descobre que não foi uma vez só, como também não foi com uma mulher barbada só. Ok, arrumou as coisas, mandou o marido à merda e alugou um apartamento sozinha no Rio de Janeiro. Quando acabasse o ano letivo traria as crianças de volta.

O palhação em crise dos 40 anos decide curtir a liberdade, se achando, inclusive levando a outra pra ver filmes em casa com as crianças e beijando uma outra mulher barbada que tinha acabado de conhecer na frente da filha de 6 anos.

Passa o tempo e ela, sabendo de tudo que ele está aprontando, se convence de que não tem como ter volta. Uns seis meses depois de separados ela começa a sair com um novo palhacinho.

## O gran finale

Logo que sabe que a ex está com outro, o cara se dói. Vem ao Rio e vai ao trabalho dela fazer um escândalo. Ele se aproveita de quando ela vai atender um cliente e fuça as gavetas. Quem procura acha. Achou fotos tórridas da ex com o atual (dela, é claro). O que o palhaço faz? Rouba as fotos e leva pra mãe dela ver. Isso mesmo, mostra tudo pra ex-sogra. Claro que passou ridículo. Achou o quê? Que a sogra ia mandar ela voltar pra ele pra ser corna conformada? Humpf! Tudo palhaço!

## PAPAI PALHAÇO

Eles já estavam saindo havia algum tempo, tipo assim, com certa regularidade. Numa noite, naquele clima pós-coito, o bruto propôs que assumissem namoro, e ela topou. Sem titubear ele emendou:

— Então agora que somos namorados, você vai ter que compreender que vou ter que voltar a morar com a minha ex, afinal, ela vai ter um filho meu.

Ui, assim, a seco?

## PALHAÇO MALUCO

O cara canta a mulher. Ele pede o telefone dela. O palhaço liga e já no primeiro telefonema conta que é noivo. Até aí, ponto pra ele: melhor jogar limpo desde o começo. Mas, pra justificar a galinhagem, ele começa a lamentar sua triste sorte porque sua noiva não é a mulher dos seus sonhos e ele anda tenso, preocupado, não sabe se quer mesmo se casar (ou se compra uma bicicleta) e começa a tecer elogios a sua interlocutora como se ela, sim, fosse a mulher da sua vida, aquela com quem ele quer se casar, ter muitos filhos, ir ao cinema no domingo e envelhecer amargamente. Do outro lado da linha, a mulher escuta a cantilena do palhaço perguntando mentalmente a Deus que mal ela Lhe havia feito pra merecer este castigo: outro palhaço no seu caminho. Seja lá o que tenha feito, foi algo grave, pois no dia seguinte o palhaço liga novamente. Desta vez ele conta que tomou coragem, terminou o noivado e... está namorando a vizinha.

## PALHAÇO RABO-PRESO

Mais um casal que estava "se conhecendo". Sabe quando você conhece uma pessoa e não consegue desgrudar desde o primeiro encontro? Quer ver, quer beijar, quer estar junto o tempo todo, sabe? Pois é. Tinham passado o fim de semana inteiro nisso. Na semana seguinte ia ter festa no circo: era aniversário do palhaço no meio da semana, e a comemoração seria no sábado. Antes mesmo de eles terem ficado, ele já tinha convidado a moça, insistido pra ela ir. Tola, ela estava ansiosa pra comemorar o aniversário do bruto com ele. Respeitável público, vai começar o espetáculo!

Segunda-feira a moça chega ao trabalho e encontra um e-mail do mancebo. Eis a edificante troca de mensagens (editada, pois o palhaço não tem muito apreço pela língua portuguesa) à qual tive acesso (é longa, mas vale a pena):

**Palhaço:** Ahhh... Preciso falar com você... Um assunto sério e chato, mas que indiretamente te envolve. Mas quero falar pessoalmente, sua opinião vai ser muito importante pra mim...

**Empresária circense:** Não existe isso de você anunciar na segunda-feira que tem um assunto chato e sério que me envolve, mas só pode falar pessoalmente, sendo que a gente só vai se ver na sexta. Pode ir falando! Se quiser, liga pra cá e fala ou se preferir liga pra minha casa à noite.

**Palhaço:** Ligar agora não dá... Trabalha muita gente aqui e ficam ouvindo a conversa... Chato... Se você quiser, podemos nos falar por aqui mesmo.

**Empresária circense:** Mas, então, desembucha o assunto. Você não sabe que mulheres são curiosas? Você não sabe que jornalistas são curiosos? O que você acha que é a curiosidade de uma jornalista? Sou capaz de ter brotoejas de tanta curiosidade, já que o assunto me envolve e você está fazendo mistério.

**Palhaço:** É um assunto relativamente chato. Uma situação que, sinceramente, eu não sei, ou melhor, não vou saber lidar... Me sinto à vontade de conversar isso com você... Mas não queria que isso modificasse em nada a nossa relação Palhaço/Empresária circense... Vamos lá: Minha ex chegou dos EUA hoje... Ou melhor, ontem de madrugada, sei lá. Ela me ligou e disse que estava sabendo do meu aniversário e tal e que ia lá pra me dar os parabéns... Eu sei que terminamos há mais de seis meses, mas sou meio assim, tenho consideração com as pessoas e não gosto de criar relações desconfortáveis...

## REFLEXÕES

### PALHAÇOS... OPS... HOMENS E CABELOS

**Essa reflexão foi enviada por uma amiga.**
Homem tem que ser tratado igual a cabelo!
Num dia, a gente prende; no outro, solta. Num dia, a gente alisa; no outro,
enrola. Dá uma cortada quando precisa... Numa semana a gente amacia,
na outra é só jogar de lado e ele fica ótimo!
Fala a verdade... cabelo dá trabalho... e homem... ai, ai.
Mas a mulher consegue viver careca??

Aprendam, meninas!

Quero muito que você vá ao meu aniversário, como quero que ela vá também pelo respeito e carinho que tenho por ela. Mas não sei como ela reagiria se me visse com outra mulher, não sei como eu reagiria... Enfim, é uma situação chata... Sei que não tenho mais nada com ela, que somos independentes, mas não sei o sentimento que ela ainda tem por mim... Sei lá... Não estou falando coisa com coisa... A verdade é que eu quero que você vá, mas não queria que ela nos visse juntos. Pelo menos não agora. Não sei como você vai interpretar isso, mas, me desculpa, eu tinha que falar... Queria a sua opinião, mas sinceramente não estou sabendo lidar com isso...

*Pausa: eles tinham ficado juntos na sexta e no sábado, porque, no domingo, ele ligou dando uma desculpa e não apareceu. Curiosa e coincidentemente, no dia em que a mulher barbada voltou dos quintos dos infernos.*

**Empresária circense** *(bancando a mulher superior, mas doida pra encher o bruto de porrada)*: Então não vou à festa, não quero causar constrangimento. Não vou dizer que gostei, mas fico "feliz" por sua sinceridade. Melhor do que eu chegar lá e perceber que estou sobrando, que lhe causo constrangimento. Iria me magoar e eu ficaria puta contigo. Claro, você me falou isso pra eu tomar a decisão de não ir, afinal você não queria arcar com o ônus de me desconvidar... Mas eu entendo, realmente eu ficaria puta se você dissesse "olha, prefiro que você não vá pra não magoar minha ex". Também teria sido pior se você deixasse pra me dizer isso na sexta-feira pessoalmente, provavelmente eu ficaria puta, te mandaria tomar no cu, viraria e iria embora. Mas sei que você jamais teve essa intenção também: era lorota que só queria falar pessoalmente, foi só pra me deixar curiosa e eu insistir pra que você falasse. Assim, mais uma vez você se exime da "culpa". Falou porque eu insisti.

Não posso dizer que gostei disso, mas não estou chateada com você. Vou sentir sua falta no sábado, mas, pelo menos pra mim, não muda nada entre a gente. Quando nos encontrarmos vou sorrir pra você e te beijar normalmente. Tá? Talvez lhe dê uns beliscões.

# Dicionário Ilustrado de Palhaços

**PALHAÇO VOVÔ-GAROTO**
*Nem todo mundo nasceu para ser Evandro Mesquita, né? Tem homem que não sabe disso e com 40, rá!, ainda acha que tem 20. Então, mesmo com 40, ele se veste como alguém de 20, fala como alguém de 20 e, pior, faz coisas que alguém de 20 faria. Quando são grisalhos então... é pra sentar e chorar.*

# Dicionário Ilustrado de Palhaços

**PALHAÇO VOVÔ-MOLEQUE**
É uma variação do Palhaço Vovô-Garoto só que pior. Ele está na casa dos 40, às vezes já chegando aos 50, mas é arteiro como um moleque de 18. Acha que casamento é micareta, faz aquele gênero que quer pegar todas, usa gírias na hora errada e, muitas vezes, mesmo sendo avô de verdade, se acha assim... um babe cheio de amor para dar. Também conhecido como Palhaço Peter Pan.

**Palhaço:** Eu nunca ia fazer isso com você!!! Largar sua mão ou ter alguma atitude palhaça... Eu não sou assim e não faço essas coisas... Por isso estou conversando antes com você. A parte do "não ir" é decisão sua. Eu coloquei uma questão. Se você acha que a melhor solução é essa, vou respeitar. Não lhe falei isso pra você não tomar decisão nenhuma. Mais uma vez, não sou esse tipo de homem. Se não quisesse sua presença ou soubesse disso antes, eu nem te convidaria. Eu nunca ia te "desconvidar". Eu não estou me eximindo da culpa, só que há coisas que prefiro falar pessoalmente. Não faço esses tipos de joguinhos!!! Mas ainda vou conquistar você e lhe provar que sou diferente... Você vai ver...
Eu quero te encontrar, quero estar com você, quero sua presença, quero te apresentar para os meus amigos... Só não contava com essa situação. Mais uma vez, me desculpa... Assumo que realmente não soube lidar com isso... Mas a parte dos beliscões eu vou gostar! Pode ter puxão no cabelo e mordida no pescoço também?!

Pois é, dileta audiência. O palhaço joga a responsabilidade da decisão pra cima da empresária circense, se faz de quase oprimido pela ex que volta sem aviso prévio e ainda quer sair de bom-moço na foto. Num e-mail seguinte ele ainda disse que era pra "protegê-la", pois seria constrangedor se a ex chegasse e o beijasse na boca. Que gentil, hein? Que homem dedicado!
Curioso que nem tenha passado pela cabeça do palhaço tão bem-educado, tão dedicado, ligar para a ex, com quem ele afirma não ter nem querer mais nada, e avisar: "Olha só, vou gostar muito de te ver, quero que você vá ao meu aniversário, mas, pra evitar qualquer constrangimento, acho melhor lhe avisar que estou saindo com outra mulher e que ela vai estar lá."
Obviamente, no lugar de causar algum incômodo à ex, com quem ele não tem mais nada nem quer ter, preferiu magoar a outra, com quem está começando a sair e quer estar junto, quer a presença, quer apresentar para os amigos. Ela e o Coelhinho da Páscoa.
O que ele merece?

## PALHAÇO NARCISO

Estavam namorando. Ele tinha uma foto com outra menina no papel de parede do celular e não entendia a indignação da namorada.
— Qual o problema, eu só escolhi PORQUE EU SAÍ MUITO BEM NESSA FOTO, nem vi que a fulana estava junto.

## PALHAÇO CASAMENTEIRO ARREPENDIDO

Um conhecido está noivo, mas apareceu sem aliança. Perguntei se tinha terminado ou se já ia casar e a aliança estava sendo polida.
— Vou casar mês que vem, mas já estou arrependido.

Como assim? O cara ainda nem assinou o contrato e já quer desfazer a sociedade? Por que não desiste antes, então?
Das duas, uma: ou ele mente quando se diz arrependido ou é um covarde por não terminar o relacionamento. Seja como for, é um palhaço.
Palhaço porque mente pra manter a imagem de "casado, mas infeliz, por isso precisa muito do carinho de outras mulheres". Palhaço porque é covarde e não tem colhões de terminar um relacionamento de apenas três anos e meio e, aos 24 anos, vai se casar pra provavelmente se separar antes dos 30.

## PALHAÇO ILUSIONISTA

Estava eu, liiinda de viver, dirigindo e cantando pelas ruas do Rio de Janeiro, quando avisto do meu lado direito um carro com um homem ma-ra-vi-lho-so ao volante. Fiquei encantada com a visão de seus olhos grandes, seu queixo furadinho e sua boca carnuda sorrindo pra mim, mas a grossura da sua aliança na mão esquerda foi o que mais me chamou a atenção. Entretanto, o rapaz se mostrou um palhaço de múltiplas habilidades artísticas e fez o número do desaparecimento da aliança. Gente, o cara é bom! Melhor que Mister M ou David Copperfield. Ele levou sua mão pra baixo e quando retornou com ela ao volante, a aliança não estava mais lá. A manobra durou milésimos de segundos e me deixou impressionada. Tanta destreza e habilidade só se conseguem com prática constante e exaustiva do número. Admirável sua dedicação. Palmas para o palhaço que ele merece.

**HOMEM É TUDO PALHAÇO!**

foi editado em abril de 2010.
Miolo impresso sobre papel offset 90g
e capa em cartão triplex 250g
na Ediouro Gráfica, Rio de Janeiro, RJ.